Abby Green

Leyenda de pasión

HARLEQUIN™

Editado por HARLEQUIN IBÉRICA, S.A.
Núñez de Balboa, 56
28001 Madrid

LEYENDA DE PASIÓN, N.º 2183 - 26.9.12
Título original: The Legend of de Marco
Publicada originalmente por Mills & Boon®, Ltd., Londres.

I.S.B.N.: 978-84-687-0363-3
Depósito legal: M-23665-2012
Editor responsable: Luis Pugni
Fotomecánica: M.T. Color & Diseño, S.L. Las Rozas (Madrid)
Impresión en Black print CPI (Barcelona)
Fecha impresion para Argentina: 25.3.13
Distribuidor exclusivo para España: LOGISTA
Distribuidor para México: CODIPLYRSA
Distribuidores para Argentina: interior, BERTRAN, S.A.C. Vélez Sársfield, 1950. Cap. Fed./ Buenos Aires y Gran Buenos Aires, VACCARO SÁNCHEZ y Cía, S.A.
Distribuidor para Chile: DISTRIBUIDORA ALFA, S.A.

Capítulo 1

ROCCO de Marco miró a su alrededor y se sintió contento. Estaba en una habitación preciosa, en un museo muy prestigioso, en el centro de Londres. Había sido diseñado por un famoso arquitecto Art Deco en los años veinte y recibía la visita de millones de turistas que querían admirar sus espectaculares vidrieras.

La multitud también era exclusiva; políticos de alto rango, comentaristas de los medios de comunicación, celebridades de todo tipo y filántropos millonarios que controlaban los mercados de todo el mundo con solo levantar un dedo o arquear una ceja. Rocco, a sus treinta y dos años de edad, estaba en esa última categoría y por ello era el objetivo de todas las miradas. Un silencio especulativo se cernía sobre él; todos se preguntaban cómo había llegado a ser intocable en tan poco tiempo.

De repente se fijó en una rubia alta y elegante que estaba al otro lado del salón. Llevaba el pelo recogido en un moño clásico y sus ojos eran tan azules como altivos. Sin embargo, su expresión se suavizaba bajo la mirada de Rocco. Llevaba las mejillas cuidadosamente teñidas de colorete, pero el auténtico rubor no llegaba hasta ellas. Llevaba un rutilante vestido negro y, de alguna manera, Rocco sabía que era tan dura como los diamantes que brillaban sobre su pecho y en sus orejas. Ella sonrió y levantó su copa, mirándolo.

Una sensación triunfal recorrió a Rocco de pies a cabeza. Levantó su copa y la saludó también. La idea de cortejar a la distinguida señorita Honora Winthrop corría por sus venas como un delicioso néctar. Ese era el momento. Por fin estaba en lo más alto, por fin había llegado adonde siempre había querido estar, después de tanto esfuerzo. Nunca hubiera podido imaginar que se encontraría en esa situación; desempeñando el papel de anfitrión para una multitud como esa, formando parte de ella.

Por fin estaba lo bastante lejos de aquella infancia marginal vivida en una ciudad italiana; lejos de aquel niño salvaje, de la calle. Aquel niño no tenía salida. Su propio padre le había escupido en la calle y sus medias hermanas habían pasado por su lado sin siquiera mirarlo. Pero él se había abierto camino con uñas y dientes hasta llegar arriba, con agallas, determinación y una inteligencia avispada. Y hasta ese momento nadie conocía su verdadero pasado.

Dejó su copa vacía encima de la bandeja que sostenía un camarero, pero no la reemplazó por otra llena. Mantener la cabeza fresca era su primera regla de oro. De pronto recordó aquel burdo tatuaje que había llevado durante años y que se había quitado. Había sido unas de las primeras cosas que había hecho al llegar a Londres casi quince años antes. Con solo pensar en ello, sintió un extraño cosquilleo en la piel.

Ahuyentó esos pensamientos y se dirigió con decisión hacia la señorita Honora Winthrop. Durante un breve instante sintió una claustrofobia repentina, pero consiguió controlarla. Estaba donde quería estar, en el sitio al que tanto le había costado llegar.

Se esforzó por poner su mejor cara. ¿Por qué tenía que esforzarse aún?

Rocco se molestó consigo mismo...

De repente reparó en una joven solitaria. Era evidente que no era tan llamativa o glamurosa como las otras mujeres. El vestido no le quedaba muy bien y su cabello era una masa vibrante de pelo rojo. Había algo indomable e irreverente en ella, algo que le llamaba poderosamente la atención.

Rocco olvidó su propósito inicial casi sin darse cuenta. No podía apartar la vista de aquella joven misteriosa. Antes de saber lo que estaba haciendo cambió de rumbo y se dirigió hacia ella.

Gracie O'Brien trataba de comportarse con indiferencia y desparpajo, como si estuviera acostumbrada a ser invitada a las fiestas más glamurosas en Londres. Pero era difícil... sobre todo para una camarera de bar. Ella estaba acostumbrada a la clase de sitios en los que los hombres le pellizcaban el trasero y le decían cosas desagradables. Apretó la mandíbula casi inconscientemente. Una licenciatura en Bellas Artes no servía para mucho en un mundo dominado por la economía, pero ella tenía un sueño. Sin embargo, por desgracia, para financiarse ese sueño tenía que ganarse la vida, comer y sobrevivir; algo difícil con un trabajo precario.

Gracie salió de esas reflexiones nocivas sacudiendo

la cabeza. Podía arreglárselas con esos trabajos precarios. Podía mantenerse a flote y afrontar esa situación. Apretó con fuerza el bolso de fiesta contra el abdomen. ¿Adónde había ido Steven? Le había acompañado para hacerle un favor... Apretó los labios. La tensión se la comía en un entorno como ese... Y la preocupación que sentía por él también.

Hizo un esfuerzo por relajarse... La fiesta benéfica la organizaba todos los años la empresa para la que trabajaba su hermano, y se había convertido en un gran acontecimiento para él... De ahí sus cambios de humor y ese nerviosismo... Ambos tenían veinticuatro años y Gracie ya no podía seguir sintiéndose responsable de él... Ya no podía seguir cuidándole como había hecho toda la vida. Todavía llevaba las cicatrices de las peleas en las que se había metido para defenderle de algún matón... para proteger a su hermano pequeño, al que solo le llevaba veinte minutos.

Antes de abandonarles, su madre siempre le había recordado muy bien que su querido hijo había estado a punto de morir, mientras que ella, Gracie, había tenido la osadía de crecer más sana y fuerte que un roble.

«Me lo llevaría conmigo si pudiera. Él ha sido el único al que siempre quise. Pero está demasiado apegado a ti y no puedo hacerme cargo de un chiquillo malcriado».

Gracie reprimió la ola de emoción que la embargó de repente, la que siempre la invadía cuando recordaba aquel día. Suspiró al ver a su hermano a lo lejos. Su corazón se llenó de amor por él. Habían pasado muchas cosas desde aquel día, pero siempre habían velado el uno por el otro. La debilidad de Steven había sido tan grande que ni siquiera ella había logrado salvarle durante unos años, pero las cosas habían cambiado. Él había vuelto a la carga.

«Por favor, Gracie, de verdad quiero que me acompañes... Todos van a traer a sus esposas. No puedo desentonar. ¿Sabes lo importante que es haber conseguido un trabajo en De Marco International?...».

Y después había vuelto a ofrecerle el discurso de siempre acerca del magnífico Rocco de Marco; tanto así, que Gracie no había tenido más remedio que escucharle alabar a esa persona que no podía ser humana porque era demasiado perfecta. Y también le había escuchado porque había visto lo ansioso que estaba, y porque sabía lo mucho que había trabajado para lograr una oportunidad. Largas horas en la cárcel, estudiando, para sacarse el graduado y poder acceder a la universidad en cuanto saliera... El miedo constante de que pudiera recaer en las drogas...

Pero eso no había ocurrido. Por fin, su talento extraordinario y su inteligencia estaban sirviendo para algo. Estaba hablando con otro hombre. Mirándolo, nadie hubiera dicho que era su hermano. Steven era alto y delgado. Gracie medía poco más de metro y medio y su figura infantil siempre la había avergonzado. Era pelirroja, con pecas, ojos marrones; había salido a su padre irlandés. Otra razón por la que su madre la odiaba...

Hizo una mueca al ver que el vestido se le bajaba un poco más por el pecho, dejando al descubierto un centímetro más de piel en el escote... Nada del otro mundo. Se había comprado aquel vestido esa misma tarde en una tienda de segunda mano y ni siquiera se había molestado en probárselo. Un gran error... El vestido era por lo menos dos tallas más grande y le sobraba por todas partes.

Se cansó de esperar a Steven. Debía de estar demasiado ocupado. Le dio la espalda a la multitud y se subió el vestido. Se fijó en una mesa repleta de deliciosos platos llenos de canapés. De repente tuvo una idea.

Fue hacia aquellos exquisitos manjares... Y entonces sintió una voz a su lado.

–La comida no se va a acabar, ¿sabes? La mayoría de la gente que hay por aquí no ha comido en años.

Aquella cínica observación flotó en el aire por encima de Gracie. La joven se sonrojó violentamente y asió con fuerza el canapé que acababa de envolver en una servilleta para guardar en el bolso. Ya era el cuarto. Miró a su izquierda, de donde provenía la voz. Se topó con una inmaculada camisa blanca, una pajarita... Y entonces vio al hombre más apuesto que jamás había visto en su vida. El canapé se le cayó de la mano y fue a parar directamente al bolso. Se quedó embelesada, hipnotizada. Unos ojos oscuros brillaban en aquel rostro salvajemente hermoso. Gracie casi tuvo ganas de hacer una reverencia... Aquel desconocido desprendía un carisma escandalosamente sexual.

–Yo... –no podía hablar.

Se hizo el silencio.

–¿Tú...? –él arqueó una ceja, esbozó una media sonrisa.

La mirada de Gracie fue a parar a esos labios perfectos... Había algo tan provocadoramente sensual en aquella boca, como si estuviera hecha para besar, y solo para besar. Cualquier otra cosa hubiera sido un desperdicio.

Con la cara ardiendo de vergüenza, Gracie levantó la vista de nuevo hacia esos ojos negros. Era consciente de que aquel hombre era altísimo, el ancho de su espalda casi intimidaba. Tenía el pelo grueso y negro, con un mechón rizado que le caía sobre la frente. Le daba un aire travieso que no hacía más que mejorar aquellos rasgos duros y altivos. Aquel desconocido tenía un porte soberbio, regio. Llevaba las manos metidas en los bolsillos con desparpajo...

Gracia logró bajar los ojos por fin.

–La comida no es para mí. Es para...

Buscó una excusa desesperadamente y entonces pensó en qué diría Steven si la echaban de allí por ello. A lo mejor se había confundido del todo con aquel hombre... Volvió a mirarlo.

–¿Es de la seguridad? –le preguntó con prudencia.

Casi al mismo tiempo que las palabras salían de su boca, Gracie supo que debería haber guardado silencio. Transcurrió una fracción de segundo y él se echó a reír. El golpe de la vergüenza, saber que todo aquello le quedaba demasiado grande, la hizo responder con contundencia.

–Tampoco es para tanto. ¿Cómo iba a saber quién es?

El hombre dejó de reírse, pero sus ojos brillaron con un gesto divertido, despertando la ira de Gracie. Ella sabía que estaba reaccionando a ese efecto tan peculiar que él estaba teniendo en su cuerpo. Nunca se había sentido así antes. A pesar del calor que había en el salón, tenía la piel de gallina. Sus sentidos estaban más despiertos que nunca. Podía oír su propio corazón, latiendo estruendosamente... Y tenía calor, como si le estuvieran prendiendo fuego por dentro.

–¿No sabes quién soy?

Una gran incredulidad se dibujó en el rostro perfecto del desconocido... aunque en realidad, no lo era tanto. Gracie se fijó con más atención y se dio cuenta de que tenía la nariz ligeramente torcida, como si se la hubieran roto, y tenía diminutas cicatrices por una mejilla. También tenía otra cicatriz que iba desde la mandíbula hasta la sien, en el otro lado de la cara.

Gracie se estremeció un poco, como si hubiera reconocido algo de aquel hombre a un nivel muy primario e instintivo, como si compartieran algo... Absurdo. La única cosa que podía compartir con un hombre como él era el aire que respiraban. La pregunta de él la devolvió a la Tierra.

Levantó la barbilla.

–Bueno, no soy adivina. Y usted no lleva una etiqueta con el nombre puesto, así que ¿cómo voy a saber quién es?

Él cerró la boca y apretó los labios, como si intentara reprimir una risotada. Gracie, por su parte, tuvo que reprimir las ganas de darle un puñetazo.

–¿Quién es, si es que es tan importante que todo el mundo debería conocerlo?

Él sacudió la cabeza y se puso serio de repente. Gracie volvió a temblar. Había un brillo especulativo en su mirada. Detrás de aquel encanto sencillo se escondía algo mucho menos benévolo, algo oscuro, calculador...

–¿Por qué no me dices quién eres tú?

Gracie abrió la boca, pero en ese momento un hombre se interpuso entre ellos y se dirigió hacia el desconocido misterioso, ignorando a Gracie completamente.

–Señor De Marco, ya están listos para escuchar su discurso.

Gracie se quedó perpleja. ¿Señor De Marco? El hombre con el que acababa de hablar era Rocco de Marco... Tal y como Steven se lo había descrito, siempre se había imaginado a alguien muchísimo mayor, de estatura pequeña, gordo, siempre fumando un puro... Pero el hombre que tenía ante ella debía de tener treinta y pocos...

Cuando el que los había interrumpido se marchó, Rocco de Marco se acercó a Gracie. Su aroma la golpeó de inmediato; era almizclada, y muy masculina. Él extendió una mano y, todavía sorprendida, ella levantó la suya. Sin dejar de mirarla ni un segundo, él se inclinó y le dio un beso en el dorso de la mano... Nada más sentir el roce de sus labios en la mano, Gracie sintió que el corazón le daba un vuelco; la sangre empezó a correr más rápido por sus venas...

Él se incorporó y le soltó la mano. Ya no estaba especulando. Estaba siendo seductor, insinuante.

–No te vayas, ¿quieres? Todavía no me has dicho quién eres.

Y entonces, después de dedicarle una mirada abrasadora, dio media vuelta y se perdió entre la multitud. En ese momento Gracie pudo respirar de nuevo; le observó desde lejos. Era más alto que la mayoría y la gente se echaba a un lado a su paso para facilitarle el camino. Espaldas anchas, caderas estrechas... Perfección.

Era Rocco de Marco, hombre de negocios, millonario, una leyenda viviente... Algunos lo llamaban genio... Buscó a su hermano con la mirada y le encontró. Steven miraba a Rocco como si estuviera hipnotizado... Sin saber muy bien por qué era tan importante salir de allí, Gracie supo que tenía que marcharse. La idea de volver a vérselas con aquel hombre resultaba de lo más turbadora. Su falta de aplomo la avergonzaba. La piel enrojecida de las manos le picaba... Todo la gente que estaba en esa sala debía de saber quién era él; todos menos ella. Las joyas que llevaban las mujeres eran de verdad, no como las suyas, que eran poco menos que de plástico. Ese no era su lugar.

Pensó en lo que había ocurrido un rato antes. El hombre más importante de todos le había visto robando canapés y guardándoselos en el bolso. De repente se imaginó a su hermano Steven, presentándoselo... Se quedó blanca como la leche con solo pensarlo. Steven se iba a morir de vergüenza si Rocco de Marco decía algo. A lo mejor incluso tenía problemas. El sentido de la responsabilidad se apoderó de ella y entonces hizo lo único que podía hacer.

Huyó.

Rocco de Marco examinó el artículo que le habían dedicado en el suplemento de economía del periódico e hizo una mueca. La caricatura de su cara le hacía más masculino y siniestro. Pero cuando vio su foto junto a la bellísima Honora Winthrop, sintió una descarga de satisfacción. Sabía que hacían buena pareja, blanco y negro... La instantánea había sido tomada en la fiesta benéfica organizada por su empresa en el London Museum, la semana anterior. Aquella noche se había embarcado en una campaña con la que pretendía consagrar su lugar en la alta sociedad de forma permanente. Y eso solo se conseguía a base de seducción...

Su sonrisa se volvió dura y despiadada al recordar el entusiasmo de la señorita Winthrop; fácilmente hubiera podido llevársela a la cama... Pero hasta ese momento se había resistido a sus encantos. Esa noche había decidido que su objetivo sería casarse con ella y el sexo no podía arruinarle el plan. Su sonrisa se desvaneció cuando reconoció que no le había costado mucho esfuerzo resistírsele.

De repente, el recuerdo de una pelirroja pequeña y pizpireta se presentó en su memoria. La imagen fue tan vívida que le hizo levantarse de la silla en la que estaba sentado. Se detuvo frente a la ventana panorámica de su despacho, que ofrecía las mejores vistas de Londres.

Apretó la mandíbula, rechazando el recuerdo con contundencia. Después de dar aquel discurso, en vez de dirigirse hacia Honora, se había ido a buscar a aquella joven misteriosa directamente, pero ella había desaparecido. Todavía podía recordar lo mucho que se había sorprendido, indignado. Nadie, y mucho menos una mujer, huía de él de esa manera. En los quince años que llevaba fuera de Italia, jamás se había desviado de sus planes, siempre cuidadosamente forjados... Jamás... hasta ese día. Y ella ni siquiera era hermosa, pero tenía algo... Algo en ella había apelado a sus instintos más primarios.

Se había pasado casi toda la velada buscándola, sin dejar de pensar en ese encuentro fortuito. A esas alturas tendría que haber estado a años luz de aquella vida del pasado. Estaba a punto de subir el peldaño decisivo, el que le llevaría a la esfera más alta, al estrato más elitista, lejos del pasado.

Un tanto agobiado, Rocco se frotó la nuca. Ese momento de introspección tan intenso se debía al problema de seguridad que había habido recientemente en su empresa. Se había descubierto rápido, pero le había hecho abrir los ojos, le había hecho darse cuenta de lo peligrosamente complaciente que se estaba volviendo.

Había contratado a Steven Murray un mes antes, simplemente porque le había dado buenas vibraciones, lo cual no era una práctica habitual en él. Pero se había dejado impresionar por las ganas y la inteligencia del muchacho... Y algo en él le había recordado a ese joven emprendedor y luchador que una vez había sido. Su currículum no decía mucho, pero había decidido darle una oportunidad de todos modos.

Y Steven Murray se lo había pagado transfiriendo un millón de euros a una cuenta ilocalizable y se había esfumado de la faz de la Tierra. Solo habían pasado siete días desde la fiesta de la empresa... Fue como una bofetada en la cara, y le recordó que no podía permitirse bajar la guardia ni por un segundo.

Todos le darían la espalda si se mostraba como un empresario débil y vulnerable. Y si eso llegaba a ocurrir, Honora Winthrop lo miraría con desprecio y jamás aceptaría una proposición de matrimonio. Llevaba mucho tiempo teniendo el control absoluto y de repente le había dado por seducir a mujeres con vestidos de saldo y contratar a empleados por instinto. Estaba poniendo en peligro todo aquello por lo que tanto había luchado. El dinero le hacía poderoso, pero la aceptación social era lo único que podía mantenerle en el poder para siempre. Esa pequeña grieta que había aparecido en su armadura de hierro le preocupaba mucho. La gente ya empezaba a sentir curiosidad acerca de su pasado, y no quería darle ningún motivo a la prensa sensacionalista para que ahondaran un poco más en su pasado. Su equipo de seguridad no había logrado encontrar a Steven Murray... Pero no descansaría hasta que dieran con él para darle su merecido.

Rocco le dio la espalda a la ventana y agarró la chaqueta. El crepúsculo se cernía sobre la ciudad y todos los despachos estaban vacíos ya. Normalmente ese era su momento preferido para trabajar, cuando todo el mundo se había marchado ya. Le gustaba oír el silencio. Era reconfortante. Era algo tan distinto a esa ensordecedora cacofonía de la juventud. Justo cuando iba a salir del despacho, sonó el teléfono. Dio media vuelta y contestó. Escuchó lo que le decía la persona que estaba al otro lado de la línea y su cuerpo se tensó de inmediato.

–Que la traigan aquí –dijo, casi escupiendo las palabras.

Fue hacia el ascensor y vio cómo se iluminaban los números de las plantas. Alguien preguntaba por Steven Murray... Hubo una pausa cuando el ascensor se detuvo y, justo antes de que se abrieran las puertas, Rocco sintió que el corazón le daba un vuelco, como si algo importante estuviera a punto de ocurrir.

Las puertas se abrieron por fin... Ante él apareció una joven menuda vestida con una camiseta gris, unos vaqueros viejos y una especie de rebeca atada a la cintura. Una mata de pelo rojo recogido en una coleta le caía sobre un hombro, llegando casi hasta sus pechos. Tenía la cara pálida, con forma de corazón. Las pecas se le veían más que nunca. Sus ojos, enormes y marrones, tenían reflejos dorados y verdes.

No tardó ni una fracción de segundo en reconocerla. Sin saber muy bien lo que hacía, la agarró de los brazos y tiró de ella.

–¡Tú!

Capítulo 2

TÚ... –repitió Gracie con un hilo de voz–. ¿Qué estás haciendo aquí? –le preguntó, anonadada. Rocco tiró de ella y la sacó del ascensor. El corazón se le salía del pecho. Sus manos fuertes eran como cepos sobre sus pequeños brazos.

–Este edificio es mío –masculló él, taladrándola con la mirada–. Creo que la pregunta adecuada es por qué estás tú aquí... ¿Por qué buscas a Steven Murray?

Gracie se dio cuenta de que él se acordaba perfectamente de ella. Un chorro de adrenalina corrió por sus venas al ver la cara de Rocco de Marco... Steven debía de estar muy lejos de allí, y debía de tener graves problemas. No podía hablar. Solo podía mirar embelesada al hombre más apuesto que jamás había visto, por segunda vez en menos de una semana. Él la agarró con más fuerza, clavándole las yemas de los dedos en la piel.

–¿Qué haces aquí?

–Yo... Pensé que podría estar aquí. Quería encontrarle.

–Creo que podemos estar seguros de que Steven Murray puede estar en cualquier parte, bien lejos de aquí, si es que tiene media neurona por lo menos. Ha hecho lo que hacen todos los delincuentes, salir huyendo y esconderse.

El corazón de Gracie dio un salto... Sus sospechas acababan de confirmarse de la peor manera posible, pero su espíritu protector salió en defensa de su hermano, aunque su conciencia le dijera otra cosa.

–No es un delincuente.

–¿No? –Rocco arqueó una ceja–. ¿Y cómo llamarías a alguien que roba un millón de euros? ¿Qué relación tiene contigo? ¿Es tu amante? –le preguntó Rocco en un tono agresivo.

Gracie sacudió la cabeza y trató de apartarse; un movimiento inútil. Tenía que proteger a Steven a toda costa.

–Solo estoy preocupada por él. Pensé que podría estar aquí.

–No es muy probable que vuelva a la escena del crimen. No creo que sea tan estúpido como para intentar robar otro millón de euros en el mismo sitio.

Gracie se sintió atrapada, claustrofóbica, pero un fuego repentino subió por su garganta.

–¡No es ningún estúpido!

Logró liberarse y dio media vuelta, buscando una vía de escape desesperadamente. Vio la salida de emergencia a lo lejos y echó a correr. Rocco masculló un juramento a sus espaldas. Justo cuando estaba a punto de tocar la barra de la puerta, alguien la agarró de los hombros y la hizo darse la vuelta con violencia. Rocco de Marco acababa de acorralarla contra la puerta y la fulminaba con la mirada. Tenía las manos apoyadas a ambos lados de su cabeza. No había escapatoria posible.

–Es evidente que tú también estás en esto, hasta el cuello. La cuestión es... ¿Por qué has vuelto aquí? Debe de haber sido para buscar algo importante.

Ella sacudió la cabeza y su rabia se desvaneció tan

rápido como había surgido. De repente se sentía mareada.

–Señor De Marco, le juro que no estoy involucrada en nada. Solo estoy preocupada. Vine porque pensé que Steven podría estar aquí. No sé nada más.

–Ya sabías quién era la semana pasada cuando nos conocimos –el rostro de Rocco se endureció aún más.

–No... No lo sabía. No tenía ni idea. Hasta que llegó ese hombre y mencionó su nombre.

–Estabas allí con Murray. Eras su cómplice –le dijo Rocco de Marco, como si no la estuviera escuchando–. Habéis hecho esto juntos.

Gracie volvió a negarlo todo con un gesto. La cabeza le retumbaba. Rocco volvió a mirarla fijamente. Se puso erguido y la agarró del brazo con brusquedad. Ella empezó a forcejear.

–Espere... Mire, por favor... Señor De Marco... Puedo explicarle...

–Eso es exactamente lo que vas a hacer –dijo él, lanzándole una mirada siniestra y apretó un botón del ascensor.

Un miedo atroz la hizo callar. Él la metió en el ascensor de un empujón y entró detrás de ella, sin soltarla. El silencio, espeso y tenso, pesaba a su alrededor. No quedaba ni rastro de ese hombre amable y seductor al que había conocido unos días antes.

«Oh, Steven... ¿Por qué has hecho esto?», pensó para sí, asustada.

Su hermano la había llamado un rato antes.

–Gracie, no me preguntes nada. Solo escucha. Ha pasado algo. Algo muy malo. Estoy en un buen lío, así que tengo que irme...

Había oído ruidos extraños por el teléfono, y Steven parecía distraído...

–Mira, me voy y no sé cuándo podré volver a ponerme en contacto contigo, así que no intentes llamarme, ¿de acuerdo? Te mandaré un correo electrónico o algo cuando pueda.

Gracie se había aferrado al teléfono con las manos sudorosas.

–Steven, espera... ¿Qué pasa? A lo mejor puedo ayudarte...

–No. No voy a seguir haciéndote esto una y otra vez. Ya has hecho bastante. No es tu problema. Es el mío.

–¿Es...? ¿Son las drogas de nuevo? –le había preguntado, aterrorizada.

Steven se había echado a reír y su risa había sonado un tanto frenética.

–No. No son drogas, Gracie. Si te soy sincero, quizá sería mejor si lo fuera. Se trata del trabajo, algo que tiene que ver con el trabajo.

Antes de que pudiera preguntarle nada más, se había despedido de ella rápidamente y la había dejado con la palabra en la boca. Había intentando llamarlo varias veces, pero el móvil había sido desconectado. Después había ido al pequeño estudio donde vivía y del que estaba tan orgulloso, pero se lo había encontrado patas arriba. Sus cosas estaban revueltas, por todas partes.

Las puertas del ascensor se abrieron. Rocco de Marco la condujo hacia una especie de ático. Las extraordinarias vistas de Londres al atardecer daban un toque aún más surrealista a la situación. Una enorme luna brillaba en el cielo color violáceo. Rocco la soltó por fin y encendió varias luces. Gracie se estremeció y se frotó los brazos. La descarga de adrenalina y la sensación de sorpresa se habían desvanecido... Se sentía vacía. Miró a su alrededor. El apartamento estaba decorado exquisitamente. La artista que había en ella admiraba esa opulencia discreta, pero contundente.

Sus ojos fueron a parar a Rocco de Marco de nuevo. Sintió un vuelco en el estómago. ¿A quién quería engañar? Su interés en ese hombre era mucho más que una inquietud estética.

Rocco contempló a esa mujer menuda que estaba en su apartamento. La mirada desesperada con la que había echado a correr hacia la puerta de emergencia estaba grabada con fuego en su memoria. Le había llegado muy adentro, había revivido un recuerdo del pasado... No era como esas bellezas sublimes en las que solía fijarse; mujeres de alta cuna, hermosas, inteligentes, discretas... Mujeres que jamás le hubieran dejado ponerles una mano encima de haber sabido en qué mundo había nacido.

–Me lo vas a contar todo ahora mismo. Aquí y ahora –le dijo, furioso consigo mismo por la reacción impulsiva que había tenido.

Ella se encogió, como si acabara de golpearla... Pero Rocco no se ablandó. Reprimió ese latigazo de remordimiento que acababa de sentir. De repente ella estaba muy pálida, vulnerable... Pero no podía dejarse engañar. Había una fuerza en ella inconfundible, la fuerza de las calles. Él la reconocía bien, y no le gustaba que se la recordaran.

Sacó una silla cercana y la obligó a sentarse. Ella lo miró con esos enormes ojos marrones, esos labios carnosos y pálidos... Había una inocencia calculada en ella que resultaba terriblemente tentadora.

Se produjo un silencio tenso y Rocco trató de averiguar qué estaba pasando detrás de aquellos ojos tan grandes y expresivos. Y entonces pareció que ella se preparaba para recibir un duro golpe.

–¿Qué quería decir con eso de que Steven robó un millón de euros?

Rocco abrió la boca para decir algo y entonces se detuvo.

–¿Pero te atreves a seguir fingiendo? –le preguntó él en un tono de incredulidad.

Ella apretó los puños sobre el regazo. Él recordaba muy bien lo nerviosa que estaba aquel día en la fiesta; recordaba la intriga que había despertado en él. Recordaba haberle dado un beso en el dorso de la mano, el tacto áspero de las palmas de sus manos pequeñas, nada que ver con la piel aterciopelada de esas mujeres con las que solía salir. Ella tenía que saber exactamente quién era él. Seguramente su hermano y ella llevaban toda la semana riéndose de él. Rocco sintió que ardía por dentro. No se había sentido tan humillado en muchos años. Ella le había visto en un momento de debilidad, y eso no era nada bueno. Nada bueno. No recordaba haber sentido debilidad alguna desde su salida de Italia, muchos años antes... Atrás habían quedado esos barrios marginales y apestosos... Pensar en aquella época le hizo recuperar el control.

–¿Quién eres y de qué conoces a Steven? –le preguntó con una claridad diáfana.

Gracie fulminó con la mirada a Rocco de Marco. Él tenía la extraordinaria habilidad de hacerla sentir como si no tuviera opción alguna excepto obedecerle. Era tan incisivo y preciso como un láser.

–¿Y bien?

La palabra estaba llena de frustración y rabia.

–Soy Gracie. Gracie O'Brien –dijo ella casi sin pensar.

–¿Y? –dijo él, haciendo un gesto a medio camino entre una mueca y una sonrisa–. ¿Qué tienes que ver con Steve Murray?

–Es... es un viejo amigo.

–Mentirosa –dijo Rocco en un tono burlón.

–Eso es todo lo que es. Un viejo amigo. Nos conocemos... desde hace mucho tiempo.

–Ya... Seguramente os conocéis desde aquel día en la fiesta... –Rocco esbozó una sonrisa sarcástica.

–No. No... De verdad, no son así las cosas –casi se había levantado de la silla y había estirado el brazo, como si así pudiera darle más énfasis a sus palabras.

Volvió a sentarse inmediatamente. Rocco cruzó los brazos sobre el pecho. Gracie no pudo evitar fijarse en la fuerza descomunal que debían de tener esos músculos. De repente se sintió mareada y lo achacó todo al hecho de que no había comido nada en todo el día.

–Yo te cuento cómo fue, ¿de acuerdo? –Rocco no le dio tiempo a contestar–. Eres cómplice de Steven Murray, y los dos fuisteis lo bastante estúpidos como para creer que podíais volver a la escena del crimen así como así, para recuperar algo importante. ¿Qué era? ¿Una memoria USB? Es la única cosa lo bastante pequeña y difícil de encontrar.

Antes de que Gracie supiera lo que estaba ocurriendo, Rocco estaba a su lado, agarrándola y levantándola de la silla. En medio de aquella confusión, Gracie se dio cuenta de que el tacto de sus manos era sutil, ligero, casi una caricia. La situación era muy confusa. De pronto, él se agachó delante de ella y empezó a tocarle las piernas.

Gracie tardó unos segundos en darse cuenta de que la estaba cacheando. La estaba tocando por la cara interna de las piernas, y subiendo... Gracie reaccionó con brusquedad. Se apartó y empezó a darle manotazos, en la cabeza... Él masculló un juramento y la agarró de los brazos de nuevo. Esa vez sus manos no le hicieron una caricia.

–Pero si tenemos una pequeña gata salvaje por aquí... Quieta.

Sujetándole ambos brazos con una mano, le metió la otra mano en los bolsillos y los vació. Se movía tan rápido que Gracie sintió mareos. En cuestión de unos segundos, se encontró con los bolsillos vacíos, el forro por fuera.

Se soltó de un tirón. Él la dejó escapar.

–Usted... –dio un traspié–. Prefiero que me lleve la policía antes que verme manoseada –le espetó–. ¿Ha llamado a la policía? –añadió al darse cuenta.

Rocco retrocedió un poco. Tenía la cara roja, de pura rabia. Sacudió la cabeza lentamente.

–No he llamado a la policía –admitió, no sin reticencia–. Porque no quiero que los medios aparezcan por aquí. Eso nunca es bueno para el negocio.

Gracie sintió un gran alivio, pero la sonrisa cruel de Rocco la hizo volver a la realidad.

–Pero no te vayas a creer que tu novio se va a ir de rositas. ¿Crees que la policía se va a molestar en buscar a un granuja de poca monta? –sacudió la cabeza y cruzó los brazos–. Ya tengo a gente que le está buscando, gente que tiene medios mucho más sofisticados que los de la policía. Solo es cuestión de tiempo.

–¿Y qué le va a pasar? –le preguntó Gracie, aterrorizada.

–¿Una vez haya devuelto hasta el último céntimo? Bueno, pasará a formar parte de mi lista negra y no podrá volver a trabajar en ninguna financiera del mundo. Le entregaré a la policía y lo acusaré de fraude. Podrían caerle diez años. He tenido que cubrir el fraude yo mismo, con mi propio dinero. Ahora es una deuda personal.

Gracie sintió que le temblaban las rodillas. Intentó encontrar la silla que tenía detrás y se dejó caer en ella. Su hermano no sobreviviría ni un día más en la cárcel. Al salir le había dicho que prefería morir antes que tener que volver allí.

Rocco frunció el ceño. Por primera vez en toda la tarde, estaba seguro de que la mujer que tenía delante no estaba fingiendo. Parecía completamente desconsolada; tanto así, que casi sintió ganas de ofrecerle algo de beber. Tenía la vista fija en el suelo y guardaba silencio. Quería ir hacia ella y levantarle la barbilla con un dedo. No le gustaba sentirse tan desconcertado, tan nervioso... Apenas podía mirarla a los ojos. Pero entonces ella levantó la vista, y sus ojos resultaron ser como dos lagunas negras, todavía más acentuados por la extrema palidez de su piel.

Ella abrió la boca. Rocco podía ver cómo se movía su garganta.

–No puedo... –dijo por fin, sacudiendo la cabeza–. No puedo mentirte. Esto es demasiado serio. No le he dicho la verdad sobre Steven.

Rocco se puso tenso, furioso.

–Pues ya empiezo a aburrirme de tanto esperar. Tienes un minuto para hablar o te entrego a la policía.

–¡Gracie!

La joven levantó la vista hacia Rocco de Marco. Oírle decir su propio nombre era extraño. Respirando profundamente, se puso en pie. Las piernas le temblaban.

–Steven no es mi novio y no soy su cómplice... Es mi hermano.

–Sigue.

–Eso es todo –Gracie se encogió de hombros–. Es mi hermano y estoy preocupada por él. Le estoy buscando.

Rocco apretó la mandíbula y guardó silencio un momento.

–¿Esperas que me lo crea? ¿Después de todo lo que he visto? ¿Después de haberte visto en la fiesta la semana pasada? Los dos tramasteis esto juntos.

–No –dijo Gracie, sacudiendo la cabeza–. No fueron así las cosas. Se lo juro. Fui con Steven porque... –se detuvo.

No podía hablar de la inseguridad de su hermano... De repente había comprendido por qué parecía tan nervioso en las últimas semanas.

–Porque teníais un plan maestro para llevaros un millón de euros –soltó una risita sarcástica–. Por Dios, ¡pero si ni siquiera pudiste resistirte a robar comida del bufé!

Gracie se sonrojó hasta la médula.

–Tomé esa comida para mi vecina. Es muy mayor, polaca... Siempre me habla de cuando era rica y asistía a bailes en Polonia. Solo quería llevarle algo que le hiciera ilusión. Eso es todo.

Esa vez Rocco sí que se echó a reír abiertamente. Gracie sintió una profunda vergüenza.

Cuando por fin dejó de reír, la atravesó con una mirada de acero. Ella hizo todo lo posible por no dejarse intimidar... Después de toda una infancia de orfandad, muy poca gente lo conseguía, pero Rocco de Marco sabía dónde clavar el cuchillo.

Desesperada, levantó una mano.

–Terminé el bachillerato por los pelos... Y las matemáticas nunca se me dieron bien. No sé ni qué es la Bolsa, ni las acciones... Steven fue el que salió inteligente.

–Y sin embargo... –Rocco siguió adelante, tan incisivo como siempre–. Estabas con él la semana pasada, exhibiéndote ante mí. Sabías muy bien quién era yo.

–No me estaba exhibiendo delante de usted. Fue usted quien se acercó.

Rocco de Marco se sonrojó. Por primera vez Gracie sintió que se había anotado un tanto. Sin embargo, la sensación de victoria no le duró mucho. Rocco no tardó en ponerse serio y su rostro volvió a convertirse en una máscara impenetrable.

–Fui con Steven para acompañarle. No quería ir solo.

–Ni siquiera me creo todavía que seas la hermana de Steven Murray –dijo Rocco, esbozando una media sonrisa–. ¿Por qué tiene otro apellido?

Gracia bajó la vista. Sin duda debía de parecer muy culpable.

–Porque... Porque se peleó con nuestro padre y se puso el apellido de soltera de nuestra madre –aquello no era del todo falso.

–Además, no te pareces en nada a él.

Gracie levantó la vista y se encontró con el intenso escrutinio de Rocco. La miraba de arriba abajo, sin disimular en lo más mínimo.

–No –le dijo con contundencia–. Ya lo sé. Pero no todos... –se detuvo abruptamente. Había estado a punto de mencionar la palabra «mellizos». Lo arregló como pudo–. No todos los miembros de una familia se parecen. Él se parece mucho a mi madre y yo me parezco a mi padre.

Cruzó los brazos. De repente se sentía a la defensiva... A lo mejor su madre la habría querido tanto como a su hermano si se hubiera parecido más a ella. ¿Se hubiera quedado de haber sido así? Empezó a sentirse algo mareada. La vista se le estaba nublando... Justo cuando empezaba a castigarse por su propia debilidad, Rocco masculló algo ininteligible, fue hacia ella y le puso una mano sobre el brazo. Ella se puso rígida al sentir el tacto de su mano... Odiaba ese efecto incendiario que ejercía sobre ella...

Trató de apartarse, pero no pudo.

–¿Cuándo has comido por última vez, mujer tonta?

Esa vez Gracie sí que logró soltarse y le fulminó con la mirada de nuevo.

–No soy una mujer tonta. Solo estaba... preocupada. No tenía tiempo de pensar en comer.

–Parece que no sueles pensar en ello muy a menudo –Rocco la miró de arriba abajo y esbozó una media sonrisa.

Echó a andar. Gracie le siguió con la mirada.

–Hay comida preparada en la nevera –le dijo por encima del hombro–. Ven conmigo.

Gracie empezó a sentirse verdaderamente mal en ese momento. ¿Rocco de Marco acababa de ofrecerle... comida? Miró hacia la puerta del apartamento. Más allá estaba la puerta del ascensor privado. De repente le pareció que la libertad estaba muy cerca.

Casi como si pudiera leerle la mente, Rocco apareció a unos metros de distancia, las manos en las caderas...

–Ni se te ocurra. No llegarías ni al piso de abajo y te traerían de vuelta enseguida.

–Pero... No he visto a nadie.

Rocco le guiñó un ojo.

–¿Es que no has visto las películas italianas? Mis hombres están en todas partes.

Gracie quiso pensar que estaba de broma, pero algo le decía que debía andarse con cuidado. Conocía bien las calles; sabía cuando alguien hablaba en serio... Y Rocco de Marco hablaba en serio. Era su prisionera, como si la hubiera atado a una silla.

Él dio media vuelta y siguió adelante.

Gracia, temerosa y expectante, no tuvo más remedio que ir tras él.

Capítulo 3

GRACIE se molestó al ver la condescendencia de Rocco de Marco. Levantó la barbilla y trató de ignorar el olor tentador de la comida. Estaba muerta de hambre.

–¿Vas a dejarla ahí hasta que me la coma? ¿Como un padre testarudo? –le tuteó por primera vez.

Rocco se inclinó hacia delante desde el otro lado de la encimera. Gracie hizo un esfuerzo para no retroceder.

–Yo no soy padre y no soy testarudo. Come.

Gracie bajó la vista para no sentir esa mirada abrasadora y se encontró con un puré de patatas delicioso y un guiso de vegetales. Su estómago rugió.

Desafiante hasta el final, se rindió en el último momento. Quitó la tapa del plato.

–Podría haber sido vegetariana, ¿sabes? –empezó a servirse. No quería sentirse observada, pero tenía demasiada hambre como para parar.

–Disculpa que no te haya preguntado antes –le dijo él un momento después.

Ella le lanzó una mirada rápida y el corazón se le cayó a los pies. Se estaba riendo de ella. Apartó la vista de nuevo rápidamente y se concentró en la comida. En cuanto sintió en la boca el primer bocado de aquella cena suculenta, supo que estaba perdida y lo devoró todo como un pobre hambriento que llevara semanas sin comer. Como salidos de la nada, un vaso de agua y una servilleta aparecieron a su lado. Gracie se limpió la boca y bebió un buen trago. Solo entonces se atrevió a mirar de nuevo a Rocco. Él la miraba fijamente, la observaba. Gracie sintió vergüenza rápidamente y se limpió la boca.

–¿Qué? ¿Me he manchado?

–¿Cuándo fue la última vez que comiste? –él sacudió la cabeza. Su voz sonaba dura.

Por un momento, Gracie no pudo recordarlo. Jugueteó un poco con el plato y murmuró algo.

–Ayer... A la hora de comer –le dijo, aunque en realidad sabía que llevaba días sin comer bien.

–¿Dónde vives?

De repente la cruda realidad la golpeó de lleno. Se sonrojó y rehuyó su mirada.

–Gracie... –le dijo él en un tono de advertencia.

Ella sintió que el estómago le daba un vuelco al oírle pronunciar su nombre. Era tan íntimo. Lo miró a los ojos y se puso erguida. No podía caer más bajo. A lo mejor si sabía lo inofensiva que era en realidad, la dejaba marchar sin más.

–Vivía en Bethnal Green hasta esta mañana. Pero perdí mi trabajo hace dos días y no quisieron pagarme lo que me debían. Hoy no pude pagarle el alquiler a mi casero, así que me sugirió que se lo pagara de otra manera.

Gracie tembló al recordar aquella cara sudorosa, esas manos que la agarraban... el aliento pestilente. Antes de que pudiera reaccionar, Rocco se había movido hacia ella. Sintió que le agarraba la mano derecha. Empezó a examinar sus nudillos enrojecidos e irritados. Ella lo había olvidado... Al sentir el roce de sus dedos, hizo una mueca. Todavía le dolía mucho...

–¿Le golpeaste? –le preguntó él de repente, mirándola.

Ella se encogió de hombros, molesta consigo misma.

–Me estaba acorralando en un rincón. No tenía escapatoria.

–Supongo que tengo suerte de que no me hayas asestado un puñetazo a mí también.

Ella apartó la mano rápidamente. Empezaba a sentir un cosquilleo intenso...

–Dejé las maletas en la estación de Victoria. Debería ir a recogerlas y buscar un sitio para pasar la noche.

Se bajó del taburete y echó a andar, como si hubiera olvidado por qué estaba allí.

Él siguió observándola con los brazos cruzados.

–Ya te dije antes que ni siquiera llegarás al piso de abajo si intentas escapar.

–No puedes retenerme aquí. Eso sería secuestro. Solo vine al despacho de Steven para intentar encontrarle. Eso es todo. De verdad que no tengo ningún motivo oculto. No me llevo nada y no sabía nada del dinero.

Rocco miró a la mujer que tenía delante. El mundo entero había empezado a girar alrededor de ella desde el momento en que la había visto en el ascensor... Un momento antes, cuando le había agarrado la mano y había visto esos nudillos machacados, había sentido una rabia incontenible al imaginarse a ese hombre sin rostro que la había amenazado.

–¿Por qué perdiste tu trabajo? –le preguntó, para ahuyentar esos pensamientos tan peligrosos.

–Tuve algún problema que otro con unos clientes –ella cerró los puños.

Rocco arqueó una ceja y se alegró de ser capaz de centrarse en el presente de nuevo.

–¿Clientes?

–Trabajaba en un bar en una zona humilde de la ciudad... Era algo temporal.

Una vez más Rocco sintió que una furia imparable crecía en su interior. Podía imaginarse fácilmente a todos esos hombres que habrían querido domar esa rebeldía desafiante que ella desprendía. De repente, un impulso fiero y arrollador se apoderó de él. Deseó someterla, verla dócil y obediente, a sus pies. Quería ser él el que la domara. Antes de perder la compostura, dio un paso adelante y se detuvo frente a ella, como si quisiera demostrarse a sí mismo que podía tenerla cara a cara sin abalanzarse sobre ella como un cavernícola. Las extrañas circunstancias en las que se habían conocido y su conexión con Steven Murray estaban causando esa respuesta tan singular en él. Eso era todo.

–No vas a salir de este apartamento hasta que tu hermano... –se detuvo y masculló un juramento–. Si es que es tu hermano... No vas a salir hasta que aparezca y responda ante la justicia. Ahora dame el recibo de tus maletas y yo mandaré a alguien a recogerlas.

Unos minutos más tarde Gracie estaba en una habitación de huéspedes decorada a todo lujo. Todavía no sabía muy bien cómo se había dejado someter de esa manera, pero en el fondo se sentía tan casada, que no había podido hacer más que tirar la toalla.

–Hay un cuarto de baño por ahí. Cuando lleguen tus maletas te las traeré –Rocco dio media vuelta y se dirigió hacia la puerta.

Gracie miró a su alrededor. Tenía los ojos cansados. Suspiró. Ya era demasiado tarde para arrepentirse. Al llegar a la puerta Rocco se volvió.

–Ya hablaremos por la mañana.

–Me dejarás marchar. Porque si no lo haces... –le dijo, volviendo a ser la luchadora de siempre.

–¿Qué? ¿Vas a llamar a la policía? –sacudió la cabeza y sonrió con frialdad–. No. No lo creo. Estoy seguro de que no quieres tener a la policía husmeando y preguntando por tu hermano.

Se hizo el silencio, pesado y profundo. ¿Qué podía decirle para refutar sus palabras? Nada. Él tenía razón.

–Hasta mañana, señorita O'Brien.

La puerta se cerró suavemente. Gracie casi esperó oír el ruido de una llave al girar en la cerradura... Fue hacia la puerta, la abrió con cuidado... Casi dio un salto al ver a Rocco, apoyado contra la pared opuesta.

–No me hagas cerrar con llave, porque lo haré si es preciso.

Gracie cerró la puerta de nuevo rápidamente. Fue hacia la ventana. Unas vistas espectaculares se extendían ante ella, pero sus ojos no vieron nada. La batalla que libraba en su interior la absorbía por completo. Siempre habían sido Steven y ella, incluso cuando su madre estaba con ellos... Y después, en el centro de acogida... Los lazos de hermanos nunca habían dejado de fortalecerse. Una noche, cuando su madre la había mandado a la cama sin cenar por alguna travesura sin importancia, Steven se había metido en su cama a escondidas y le había dado algo de comer. Tenían cuatro años de edad.

Siempre había sido el juguete favorito de los abusones del colegio. Era tan delgado, con esas gafas de cristales gruesos... Gracie se había tenido que acostumbrar a apretar bien los puños para sacarle de los líos en los que se metía. Era muy listo, y seguramente hubiera podido estudiar en un colegio para superdotados si sus circunstancias hubieran sido otras. Siempre iba por delante de la clase y la ayudaba con paciencia con las matemáticas y las ciencias. Gracias a él había conseguido entrar en la Facultad de Bellas Artes. Incluso enganchado a las drogas, tras dejar los estudios, Steven había sido capaz de echarle una mano con sus exámenes. El estómago se le agarrotaba cada vez que pensaba en lo mucho que la había protegido, de cosas mucho peores que las matemáticas... Apoyó la frente contra el frío cristal de la ventana. Aunque la preocupación por su hermano no la dejara pensar con claridad, había otro rostro que no podía sacarse de la cabeza...

Rocco miró las dos bolsas destartaladas que le habían entregado un momento antes. Una de ellas era una mochila y la otra era una maleta vieja, la clase de maleta que se veía en una vieja película sobre inmigrantes que cruzaban el Atlántico en busca del sueño americano. Sacudió la cabeza y recogió los bultos. Hacía mucho tiempo que había abandonado la idea de dormir un poco esa noche. Abrió la puerta de la habitación de huéspedes silenciosamente. Casi esperaba ver a Gracie al otro lado, tan obstinada y desafiante como al principio, pero no estaba allí. En la penumbra pudo distinguir una silueta sobre la cama. Se quedó quieto un momento. Ella estaba profundamente dormida. Dejó las maletas y se acercó un poco. Gracie estaba tumbaba encima de las mantas, con un albornoz blanco puesto. Estaba hecha un ovillo, con las piernas dobladas y las manos bajo la barbilla. El cabello le flotaba alrededor de la cara como si acabara de salir de un cuadro de los Prerrafaelistas. Sus rizos eran largos y rebeldes.

Rocco se quedó totalmente inmóvil al verla mover la cabeza.

–No, Steven... No puedes... Por favor...

Volvió a la Tierra de golpe. Una vez más era como si ella hubiera ejercido su influjo mágico, haciéndole olvidar quién era y por qué estaba allí. Ella no era nadie. No era más que una ladrona, cómplice de su hermano, que había sido tan temerario como para creer que podía abusar de la confianza de Rocco de Marco. Dio un paso atrás, se alejó de ella y reprimió cualquier indicio de preocupación o deseo. Juró que no la dejaría marchar hasta llevarla ante la justicia junto con su hermano.

Cuando Gracie se despertó al día siguiente tuvo la extraña sensación de no saber dónde estaba, o qué día era. El entorno le era totalmente desconocido y suntuoso. Estaba tumbada encima de una cama enorme, con un albornoz. Poco a poco, lo recordó todo.

Se incorporó y vio que las cortinas seguían abiertas. Podía disfrutar de las vistas más espectaculares de Londres desde su ventana. El Támesis zigzagueaba como una serpiente entre los edificios grises de acero. Se apartó un momento de la ventana. Algo llamó su atención. Sus maletas viejas estaban junto a la puerta. Se sonrojó violentamente. Rocco de Marco había entrado en la habitación mientras dormía. Sintiéndose en clara desventaja, Gracie se levantó de la cama y acercó las maletas. Sacó unos vaqueros, una camiseta y unas zapatillas. Después de lavarse la cara, se recogió el pelo en un moño y salió.

El apartamento estaba en silencio. Gracie miró la hora. Todavía era pronto. A lo mejor Rocco no se había levantado todavía. Al llegar a la puerta de la enorme cocina, se lo encontró sentado frente a la mesa. Su corazón se detuvo un instante. Estaba leyendo *Financial Times*. Tenía el pelo húmedo y se lo había echado hacia atrás. Su piel bronceada resplandecía a la luz de la mañana. Estaba impecablemente vestido con una camisa azul y una corbata a juego. De repente él levantó la vista. Bebió un sorbo de la pequeña taza, que parecía diminuta en su enorme mano.

–Buenos días.

–Buenos días –repitió ella vagamente, como si hubiera sido un huésped cualquiera, y no una prisionera.

Rocco hizo un gesto señalando la cocina.

–Me temo que tendrás que servirte tú misma. Estoy sin ama de llaves.

Gracie se sirvió un poco de café y una tostada. Las manos le temblaban, pero no podía controlarlo. No le tenía miedo a casi nada, pero a él sí. Se quedó parada frente a la enorme isla en el medio de la cocina.

–Ven a sentarte. No muerdo.

Ella apretó los dientes, agarró su taza y su plato y se sentó en el otro extremo de la mesa. Se comió la tostada con esfuerzo, esquivando su mirada con sumo cuidado.

–Investigué un poco a tu hermano anoche y encontré cosas muy interesantes.

Gracie se quedó helada. Dejó la taza sobre la mesa. Al revelarle su nombre real también le había dicho el de Steven. Lo miró a los ojos fijamente.

Rocco casi parecía estar aburriéndose mucho, pero Gracie percibía la rabia que bullía debajo de esa superficie aparentemente en calma.

–Tiene un historial impresionante. Tres años en la cárcel por tráfico de drogas, por no mencionar el hecho de que falsificó papeles para conseguir un empleo en mi empresa. Sus delitos no hacen más que aumentar, Gracie.

–Él no es así –le dijo Gracie, desesperada–. De verdad estaba intentando empezar de nuevo. Quería usar su talento, su inteligencia, darle un giro a su vida. Hizo una carrera. Tiene que haber una buena explicación para lo que ha hecho. No se habría arriesgado a ir a la cárcel de nuevo.

Rocco parecía más serio que nunca.

–Creo que muchos estarían de acuerdo en que un millón de euros es una muy buena razón.

Gracie se echó atrás en la silla y se miró las manos. Temblaban sin parar, así que las entrelazó con fuerza. Sentía el escozor de las lágrimas en los ojos. Oyó suspirar a Rocco, pero no levantó la vista.

–No obstante, no creo que estés a punto de llamarlo para decirle que lo deje, ¿no?

Reprimiendo la emoción, Gracie levantó la vista.

–Sí que hablé con él ayer, pero no quiso decirme dónde estaba, o adónde iba, y cuando traté de devolverle la llamada su teléfono estaba apagado. Creo que lo tiró.

Decidió no mencionar que su hermano le había dicho que trataría de contactar con ella cuando pudiera. Gracie se prometió a sí misma que si eso llegaba a pasar, le diría que se mantuviera lejos y que no volviera nunca. Rocco se puso en pie y extendió una mano.

–Dame el teléfono.

–¿Por qué? –preguntó, cada vez más testaruda.

–Porque no te creo. Porque creo que harás todo lo que esté en tu mano para ponerte en contacto con tu hermano y advertirle que no aparezca por aquí. Y porque si trata de contactar, lo atraparemos.

Gracie cruzó los brazos. Se fulminaron con la mirada durante unos segundos.

–No me hagas volver a cachearte –le dijo con un disgusto evidente.

Al oír esas palabras Gracie sintió una punzada de vergüenza al recordar cómo la había tocado el día anterior, lo mucho que le había repugnado. Intentando esconder sus emociones, se levantó de la silla, sabiendo que él encontraría el teléfono al final. Salió de la cocina, buscó el teléfono en el bolso y se lo entregó a Rocco.

–No va a volver a llamarme. Sabe que está en un buen lío.

–Tengo una propuesta que hacerte –Rocco se guardó

el teléfono–. No tengo ama de llaves ahora mismo. Necesito una –la miró de arriba abajo con desprecio–. Creo que no se te puede dar mal un trabajo tan sencillo. Ni siquiera tendrías que cocinar. Tengo un chef que prepara comida cuando la necesito. Solo tendrías que limpiar y ocuparte del apartamento. Entregas, correspondencia...

–¿Me... estás ofreciendo un trabajo?

–Bueno, no es tanto un trabajo como algo para mantenerte ocupada mientras estés aquí. Porque no vas a irte de mi lado hasta que tengamos a tu hermano.

El corazón de Gracie empezó a latir con más fuerza. Cruzó los brazos.

–No puedes hacer esto. Es una vergüenza. No puedes tenerme prisionera.

–No tienes adónde ir, ni tampoco trabajo –dijo Rocco, arqueando una ceja–. Tienes un capital de nada menos que cincuenta libras. No estás en posición de reafirmar tu independencia y tu libertad. Al final te darás cuenta de que te estoy haciendo un favor, que no te mereces.

–Has estado registrando mis cosas.

–Claro que sí –dijo él, encogiéndose de hombros.

Gracie sintió vergüenza de verse tan expuesta y ridiculizada. Desde que había terminado la carrera no había hecho más que sobrevivir. No había tenido tiempo para sueños e ilusiones, pero Rocco de Marco no sabía lo que era ganarse el pan de cada día.

–¿Entonces me estás ofreciendo este trabajo por pura bondad? –le preguntó en un tono corrosivo.

Él sonrió, pero su sonrisa estaba desprovista de humor.

–Algo así, sí. No estás en posición de discutir, Gracie. Tu hermano y tú os habéis metido solos en esta situación. Míralo de esta manera. Eres mi aval, por valor de un millón de euros, hasta que tu hermano aparezca.

Gracie trató de buscar una salida. No podía dejar a su hermano a merced de aquel hombre. Se puso erguida y se incorporó, decidida a recuperar algo de control en una situación tan desesperada.

–Si voy a ocuparme de tu casa, entonces quiero que me pagues lo mismo que cobraba en el bar. Tengo que pagar el préstamo de estudiante.

Rocco se sorprendió al ver que se rendía tan fácilmente, pero no se dejó llevar por los golpes de la consciencia. Se traía algo entre manos y seguramente se comportaba así para hacerle dudar de su culpabilidad. Sintiendo una gran curiosidad, le preguntó cuánto le pagaban, esperando que triplicara la suma. Gracie, sin embargo, mencionó una cifra totalmente inesperada. Rocco tuvo que hacer un esfuerzo para no dejar ver el asombro que sentía. La expresión de ella era tan diáfana, inocente y desafiante, que casi sin darse cuenta accedió a pagarle esa suma patética... ¿Sería el salario mínimo por lo menos?

Gracie observó a Rocco mientras sacaba un bolígrafo y un papel de un cajón. Garabateó un par de números y nombres y entonces se lo entregó en la mano.

–Es el número de mi asistente personal, por si necesitas contactar conmigo. Estaré todo el día reunido al otro lado de la ciudad. Puedes usar los teléfonos de la casa –sus ojos brillaron–. Sobra decir que todas las llamadas que le hagas a tu hermano serán grabadas. También te he apuntado el número de la antigua ama de llaves. Puedes llamarla y consultarle cualquier duda.

Gracie miró el papel y entonces oyó su voz burlona.

–Mi jefe de seguridad está justo en la puerta del apartamento y controla cada entrada y salida de la casa. Si intentas marcharte, te traerán de vuelta.

Ella miró atrás y levantó el papel en la mano.

–¿Quieres decir que no tengo línea directa con Dios?

Rocco esbozó una sonrisa maliciosa.

–Me reservo mi número privado para la gente con la que realmente quiero hablar. No para escoria y ladrones.

Gracie sintió que una ola caliente le subía por la cara.

–No sabes nada de mí. Nada.

–Sé todo lo que tengo que saber –le dijo él con una mirada fría–. No te metas en líos hasta que nos volvamos a ver –dio media vuelta y se marchó.

Gracie se lo quedó mirando, pensando en qué clase de persona sería digna de tener su número privado para hablar de cosas íntimas...

–No creas que te vas a salir con la tuya –le gritó de repente, presa de un arrebato de soberbia–. No eres más que... un autócrata megalómano.

Rocco se volvió lentamente y el corazón de Gracie se detuvo un instante al ver la furia que había en su mirada. Una ola de miedo se apoderó de ella.

–Si estás tan preocupada, entonces llama a la policía. Y ya de paso los pones al día sobre las actividades más recientes de tu hermano, ¿no? Estoy seguro de que estarán encantados de conocer sus progresos en el mundo real desde su salida de la cárcel.

Gracie tragó con dificultad. De repente sentía náuseas.

–Ya sabes que no puedo hacer eso.

En ese momento Gracie podía ver esa larga lista de antepasados aristocráticos retratados en los rasgos arrogantes de Rocco.

–Bueno, será mejor que te acostumbres al apartamento, porque va a ser tu hogar durante una temporada.

Cuando se marchó, Gracie trató de sacar toda la rabia y el odio que sabía tenía dentro, pero para su sorpresa, lo único que le vino a la mente fue la forma en que él había insistido en darle de comer...

Capítulo 4

ROCCO iba sentado en la parte de atrás de su coche. El tráfico de Londres estaba detenido. Podía sentir la tensión del conductor.

–Tranquilo, Emilio. No tengo prisa.

Se echó atrás y subió la persiana de privacidad, sorprendido por lo que acababa de decir. Normalmente nunca se molestaba en tranquilizar a los demás. La gente nunca estaba del todo cómoda a su lado. Excepto Gracie O'Brien. Ella tampoco se sentía cómoda a su lado, pero se le enfrentaba como nadie lo había hecho antes.

Sus contactos de seguridad tenían acceso a información confidencial. Sí que figuraba como la hermana de Steven y no tenía antecedentes, a diferencia de su hermano. No había más hermanos, ni se mencionaba a los padres por ningún lado. Al parecer, una abuela se había hecho cargo de ellos temporalmente y al final los servicios sociales se los habían llevado. Provenían de una de las zonas más conflictivas de Londres y, aunque no conociera todos los detalles, Rocco podía cerrar los ojos e imaginarse la escena. Mientras registraba sus objetos personales, se había topado con una carpeta llena de dibujos y textos. Parecía un boceto de un libro de niños y era inesperadamente bueno. También se había encontrado con una foto de ella con su hermano de niños. Ella tenía muchas pecas y una sonrisa en la que faltaba algún diente, el pelo rojo recogido en coletas. Abrazaba a su hermano, más pequeño que ella en estatura, delgaducho y nervioso, escondiéndose detrás de unas gafas con cristales muy gruesos.

Rocco sintió una repentina presión en el pecho. Apretó los puños. No iba a dejarse engatusar por esos ojos azules. Ella era tan dura como el hierro y estaba dispuesta a proteger a su hermano a cualquier precio, fuera cual fuera su implicación... De repente levantó la vista y miró por la ventanilla. Ante él pasaban los frondosos barrios residenciales... Llevaba horas sin acordarse de Honora Winthrop. Sacó el teléfono y la llamó.

Gracie se despertó de un sueño agitado a las cinco de la mañana siguiente. Al principio estaba muy desorientada, pero en cuanto se dio cuenta de dónde estaba, un nudo empezó a formarse en su estómago. Los primeros rayos de sol vestían de plata a la ciudad de Londres. Repasó los acontecimientos del día anterior. Por suerte ya estaba en la cama cuando Rocco había llegado, y solo había oído algún ruido que otro.

La había llamado a última hora de la tarde para decirle que iba a cenar fuera y Gracie no había podido evitar preguntarse con quién iba a cenar. Al marcharse Rocco esa mañana, había abierto la puerta de salida. Fuera se había encontrado con un atrio enorme y un armario empotrado de hombre sentado frente a una mesa que parecía tener una docena de monitores. Nada más verla, el hombre se había levantado.

–¿Tiene que ir a alguna parte, señorita O'Brien?

Gracie había sacudido la cabeza.

–Solo quería echar un vistazo.

–Soy George –le había dicho el guardia, deshaciéndose en amabilidad–. Y estoy aquí para llevarla adonde necesite ir, así que si necesita algo, llámeme.

Gracie había murmurado algo casi incoherente. Evidentemente, George también estaba allí para asegurarse de que no salía huyendo, tal y como Rocco le había advertido. Había vuelto al apartamento y había llamado a la anterior ama de llaves. La señora, muy agradable, le había dado la lista de tareas que el señor De Marco esperaba que hiciera.

Gracie se había parado en el dormitorio de Rocco y había mirado las sábanas revueltas. Su aroma inconfundible estaba en todas partes, almizclado y masculino.

Pensando en esa cama y en esas sábanas, Gracie se dio cuenta de que tenía mucha sed. Se levantó de la cama y salió de la habitación. Todavía estaba medio adormilada.

Al entrar en la cocina se dio cuenta de que la luz estaba encendida. Tuvo que cerrar los ojos. Al ver que una sombra enorme se movía de repente, dejó escapar un grito.

Rocco de Marco estaba de pie en medio de la cocina, con una toalla alrededor de las caderas que apenas le tapaba los muslos.

Gracie sintió el golpe de cien sensaciones a la vez, además de la descarga de adrenalina. Debía de acabar de ducharse, porque tenía el pelo húmedo. Su piel bronceada resplandecía bajo la luz. Su pecho era ancho, musculoso. Una fina línea de vello descendía hasta perderse por dentro de esa toalla que parecía estar a punto de caerse.

De repente Gracie se dio cuenta de que le estaba mirando como si nunca antes hubiera visto a un hombre. Apartó la vista.

–Se suponía que tenías que estar dormido.

–Bueno –dijo él con sequedad–. En realidad, no. Siempre me levanto pronto.

Gracie no quiso mirarlo. El corazón se le salía del pecho, de la sorpresa.

–¿No deberías... ponerte algo de ropa?

–Tú tampoco estás vestida. Podría preguntarte lo mismo, pero no sé si quiero.

Al oír esas palabras, Gracie sí que lo miró. Sintió una ola de calor que le subía por el pecho hasta la cara. La mirada de Rocco era oscura, perezosa. Se tomó su tiempo para mirarle las piernas, la camiseta que le llegaba hasta los muslos... Y finalmente la miró a la cara. Gracie sabía que no debía de tener muy buen aspecto, con todo el pelo revuelto... De pronto se acordó de ese momento cuando la había cacheado. Su cara de desprecio y de disgusto hablaba por sí sola. Gracie tenía la garganta muy seca, pero hizo todo lo posible para no tragar. Por ello su voz sonó ronca, ahogada.

–Solo quería un poco de agua.

–Claro –Rocco gesticuló con la mano–. Que no se diga que mato de sed a mis prisioneros.

Aquel comentario sarcástico la hizo recuperar un poco la compostura. Fue hacia las estanterías, consciente en todo momento de sus pies descalzos y de la mirada de Rocco. Ignorándolo, se puso de puntillas y quiso tomar un vaso de la estantería. Estaba demasiado cerca de él. No llegaba. La camiseta se le subía en el trasero, dejando ver las braguitas de algodón blanco que llevaba, gastadas y viejas. De repente sintió una ola de calor a sus espaldas, una fragancia familiar... Rocco estaba justo detrás de ella. Extendió el brazo y agarró el vaso de la estantería. Casi le estaba tocando la espalda con el pecho. Gracie sabía que si se echaba atrás, se tropezaría con él... ¿Cómo sería sentir sus brazos fuertes alrededor? No pudo evitar preguntárselo. Él puso el vaso a su lado sobre la encimera con un golpe seco y se apartó de inmediato. Gracie asió el vaso lentamente y se dio la vuelta. Él ya estaba al otro lado de la cocina, bebiendo de una taza, mirándola con la frialdad de siempre. Ella se dirigió hacia el fregadero para echarse agua del grifo.

–Hay botellas de agua en el frigorífico.

–El agua del grifo está bien. El agua embotellada en una pérdida de dinero –se volvió, asiendo el vaso con ambas manos.

Rocco arqueó una ceja.

–Bueno, ¿ahora eres ecologista?

Gracie se puso tensa.

–Sí que me importa el medio ambiente.

Él dejó la taza sobre la mesa.

–Si me disculpas, hoy tengo un día muy ajetreado.

Fue hacia la puerta con una magnificencia digna de un rey. Antes de salir se volvió. Había un brillo peligroso en su mirada.

–Recuérdame que te enseñe a hacer la cama como en los hospitales. Así es como me gusta que me la hagan.

Gracie se quedó mirando el umbral vacío durante unos segundos, tantos como le llevó darse cuenta de lo que acababa de decir. Cuando por fin lo entendió, sintió ganas de tirar el vaso por la puerta.

Pura arrogancia...Apretó los labios con fuerza. No podía dejar que sus palabras le hicieran mella. Se lo repitió una y otra vez de camino al dormitorio.

Gracie consiguió evitar a Rocco durante un par de días levantándose más tarde por las mañanas y acostándose antes de que él llegara al apartamento. Por suerte, parecía que estaba muy ocupado. El tercer día, no obstante, no pudo salirse con la suya. Él emergió repentinamente de su despacho, mascullando toda clase de improperios. Estaba furioso y absolutamente guapísimo con unos vaqueros desgastados y una camiseta.

Gracie no pudo evitar chocarse con él. Retrocedió rápidamente, como si se hubiera quemado. Una ola de calor recorría su cuerpo como un tsunami. Sentía calor y frío al mismo tiempo. Podía oler su aroma en el aire. Él la atravesó con una mirada afilada y Gracie tuvo que reprimir las ganas de disculparse.

–¿Qué estás haciendo aquí?

–A veces trabajo en casa, si te parece bien.

–¿Pasa algo? –le preguntó Gracie, casi sin pensar lo que estaba diciendo.

Rocco la miró de arriba abajo y Gracie sintió que le ardía el cuerpo.

–Mi cocinero acaba de llamarme para decirme que está enfermo. Esta noche viene a cenar una persona y no tengo ganas de salir, pero ahora parece que no me va a quedar más remedio.

Gracia sintió una extraña punzada en su interior. ¿Sería una cita? ¿Su amante quizás?

–Yo puedo cocinar, si quieres.

–¿Tú? ¿Cocinar? –exclamó Rocco con una sonrisa irónica.

–Sé hacer algo más que judías y tostadas, si es eso lo que te preocupa –le espetó.

Después de aguijonearle, retrocedió. ¿Por qué había tenido que decir eso?

–Mira, olvida lo que he dicho. Ha sido una estupidez.

Al pasar por su lado, sintió que la agarraban del brazo. Contuvo el aliento, tragó con dificultad. Lentamente, se dio la vuelta y levantó la vista. La expresión de él era sosegada, pero no la soltaba.

–¿De verdad sabes cocinar?

Gracie asintió y resistió las ganas de soltarse. No quería que viera lo mucho que la afectaba.

–Si me das una lista de lo que quieres, haré lo que pueda. ¿Para cuántos es la cena?

Rocco se puso serio de repente. La soltó bruscamente.

–Para dos.

Gracie sintió la misma punzada de antes. Cruzó los brazos.

–Puedo hacerlo.

Él la miró fijamente durante unos segundos hasta hacerla sentir ganas de gritar de pura tensión.

–Muy bien, entonces. Te doy la lista y comemos a las ocho. Después del champán y los canapés.

Más tarde Gracie y George volvían a casa después de hacer la compra. Rocco le había dado una tarjeta de crédito y una lista de cosas. Ella la había leído con cuidado.

–No sé si voy a poder conseguir pescado sin mercurio de Hawái con tan poco tiempo. ¿Hay alguna otra cosa a la que nos seas alérgico? –le había preguntado.

–No es por mí. Es por la otra persona –le había dicho Rocco, haciendo una mueca.

–Oh –Gracie no había querido preguntarle quién era el invitado o invitada. Se había limitado a dejar el papel y a sonreír con dulzura–. Me las arreglaré lo mejor que pueda.

Para sorpresa de Gracie, Rocco casi se había echado a reír, pero entonces esa mirada había desaparecido.

–Muy bien –había dicho–. A ver qué puedes hacer.

Cuando estaban a punto de atravesar la entrada privada que conducía al apartamento de Rocco, Gracie reparó en el titular de un periódico que estaba en un quiosco. Se detuvo en seco cuando leyó la noticia.

De Marco se casa con una belleza de la alta sociedad, Honora Winthrop...

–Es la novia del jefe –le dijo George, al ver su evidente interés en el titular.

–Querrás decir su prometida –apunto Gracie.

No sabía por qué, pero de pronto se sentía como si no tuviera fuerzas.

George murmuró algo más que Gracie no llegó a captar y entonces entraron en el edificio justo a tiempo para escapar de las primeras gotas de una llovizna veraniega.

En el mismo momento, un piso por encima, en su despacho de cristal, Rocco estaba leyendo el mismo titular. Por fin había llegado. Otro peldaño en su escalada hacia la alta sociedad... Sin embargo, se sentía extrañamente vacío, apagado. Se aflojó la corbata y se desabrochó el último botón de la camisa sin ser consciente de lo que estaba haciendo. Lo único en lo que podía pensar era en la cara de Gracie esa misma mañana, cuando le había hablado de aquellas absurdas exigencias para la cena. Había estado a punto de echarse a reír.

Nadie le hacía reír...

Algo llamó su atención. La luz del ascensor estaba encendida. Alguien estaba subiendo. Probablemente fuera George o alguno de los otros guardaespaldas, pero aun así sentía un cosquilleo en la piel... Podía ser ella.

Sin saber muy bien lo que hacía, soltó el periódico y fue directamente hacia el ascensor.

Gracie estaba junto a George en el ascensor, intentando averiguar si le afectaba tanto saber que Rocco estaba comprometido. Apenas lo conocía, así que no tenía por qué sentirse... traicionada. Frunció el ceño. Estaba muy confundida. El ascensor se detuvo. Miró a George, pero este se limitó a encogerse de hombros. Todavía no estaban en el ático. Las puertas se abrieron y Rocco apareció ante ellos, con las manos apoyadas en las caderas. Sin chaqueta, con la corbata floja, un botón desabrochado... Gracie contuvo el aliento de inmediato y su corazón empezó a latir con más fuerza.

–Solo fuimos a comprar algo para la cena –le dijo.

¿Por qué se sentía tan culpable cuando él debía de saber muy bien dónde habían estado?

Rocco miró a George y le quitó las bolsas de las manos a Gracie.

–Gracie subirá enseguida –le dijo, dándole la compra–. Tengo que hablar con ella.

Echó a andar y Gracie no tuvo más remedio que ir tras él. La condujo a través de un laberinto de despachos acristalados hasta llegar al suyo propio. Le sujetó la puerta un momento, dejándola pasar primero. De alguna manera, ese gesto tan caballeroso la hizo sentir más vulnerable que nunca. En cuanto entró en el despacho recurrió al modo de ataque para esconder sus sentimientos. Se volvió hacia él justo cuando él estaba cerrando la puerta.

–Si vas a echarme la bronca porque fuimos a comprar...

Rocco levantó una mano.

–¿He dicho algo?

Gracie cerró la boca y sacudió la cabeza. Se sentía como una pordiosera al lado de Rocco. Se había cambiado y se había puesto un traje.

Le observó con ojos recelosos. Él rodeó el escritorio y se sentó. De pronto ella reparó en las magníficas vistas.

–¿Siempre tienes las mejores vistas? –le preguntó, yendo hacia la ventana.

–Claro que sí –le dijo Rocco con cinismo–. ¿No sabes que se juzga a la gente por lo altos que están y por lo lejos que llegan a ver?

–Me pregunto si hay algún límite para eso.

El peso del silencio se hizo casi insoportable. Gracie apartó la vista, avergonzada. ¿De dónde había salido esa observación tan filosófica? Para evitar la oscura mirada de Rocco, se fijó en los muebles modernos y en las obras de arte contemporáneo que colgaban de cables de acero sobre los paneles de cristal. Se veía a muchos empleados a través de las paredes de cristal de sus cubículos, pero nadie levantaba la vista. Todos estaban muy ocupados, ganando millones para Rocco y para sus clientes. Su hermano había sido uno de esos empleados... Y había terminado robándoles su dinero. Volvió a mirar a Rocco rápidamente. No quería que él adivinara en qué dirección iban sus pensamientos. Buscó algo que decir...

–¿No te importa?

–¿El qué?

Gracie gesticuló con la mano.

–¿No te preocupa que todo el mundo te vea? ¿Es que nunca tienes privacidad?

–El despacho está insonorizado, así que nadie puede oír mis conversaciones privadas. Y así puedo ver a todo el mundo.

Gracie lo miró fijamente. Su rostro era una máscara impenetrable. No había expresión alguna.

–Querrás decir que así lo puedes controlar todo.

–No pude controlar a tu hermano –Rocco se encogió de hombros.

Gracie bajó la vista y entrelazó las manos. Él acababa de dar voz a sus propios pensamientos. Le oyó moverse y levantó la vista hacia él. Estaba parado junto a la ventana, de espaldas a ella, con las manos metidas en los bolsillos. Por un momento, su imponente físico pareció fuera de lugar frente a aquel paisaje urbano, como si tuviera que estar fuera, luchando contra las fuerzas de la Naturaleza o algo parecido.

Él se volvió en ese momento, con tanta brusquedad que la sorprendió mirándolo. Gracie se sonrojó.

–Espero que no estés mintiendo sobre tu habilidad para cocinar. No tolero insolencias de ningún tipo, Gracie.

Una lanza de dolor atravesó a Gracie y las palabras la traicionaron.

–¿Porque vas a cenar con tu prometida?

Rocco frunció el ceño.

–¿Cómo sabes eso?

–Lo vi en el periódico.

Rocco se limitó a mirarla durante unos segundos.

–No es mi prometida todavía. Pero eso tampoco es asunto tuyo.

Gracie recordó lo que le había dicho antes.

–Si te sirviera palitos de pescado, no podrías culpar a nadie excepto a ti mismo.

Una vez más, Gracie tuvo la extraña sensación de que él estaba aguantando las ganas de reír. Pero entonces la fulminó con una mirada.

–Ni se te ocurra.

–¿Eso es todo?

Él asintió con seriedad. Gracie dio media vuelta y salió antes de decir o hacer algo de lo que pudiera arrepentirse.

Rocco la siguió con la mirada.

A media tarde, Gracie estaba enfrascada en los preparativos para la cena. Estaba sudando a chorros cuando George apareció en la cocina con una caja blanca bastante grande.

–Para ti. Del jefe.

Gracie se limpió las manos y tomó la caja. Su corazón empezó a latir locamente y su mente sucumbió a las fantasías más delirantes... Un vestido de gala, en tonos rosados, hecho de una gasa fina... La cena podía ser para los dos...

Puso la caja sobre la mesa y la abrió con manos temblorosas. Los castillos en el aire se derrumbaron en un abrir y cerrar de ojos. Era un traje de sirvienta de color negro con un delantal blanco, medias y zapatos negros cómodos. Entre la ropa había una nota...

Ponte esto luego, por favor..., decía el mensaje, escrito con esa letra tan arrogante.

Gracie sintió ganas de reírse y de llorar al mismo tiempo. Nunca antes en su vida se había permitido fantasear de esa manera. Su vida siempre había estado sujeta a la cruda realidad. Había tenido un solo novio, pero nunca le había regalado nada, ni siquiera una tarjeta de felicitaciones por su cumpleaños. Y de repente... Allí estaba... Soñando con el cuento de Cenicienta...

Enojada consigo misma, tiró el vestido dentro de la caja con todo el desprecio que pudo y deseó que se arrugara mucho. Respiró hondo y se centró en los preparativos.

En ese momento nada la hubiera hecho tan feliz como ir directamente a esa pecera de despacho y echar la salsa que estaba preparando sobre la cabeza de Rocco de Marco...

Capítulo 5

ESA noche, caminando de un lado a otro del salón, Rocco no recordaba la última vez que había estado tan tenso. Había vuelto al apartamento una media hora antes y se había ido directamente a la cocina. La puerta estaba cerrada.

–Vete. Estoy ocupada –le había gritado Gracie desde el otro lado.

–Espero que lo tengas todo listo.

–Oh, no te preocupes –le había dicho ella en un tono dulce–. Todo está en orden. Los palitos de pescado ya casi están.

Rocco se había mordido la lengua para no exigirle que abriera la puerta de inmediato. De repente llamaron al timbre. Un segundo después entró el guardia de seguridad, acompañado de Honora Winthrop. Tan fría como siempre, estaba radiante con un vestido de seda negro y drapeado; sencillo, pero provocativo gracias a unas transparencias atrevidas...

Rocco fue a saludarla, ahuyentando todos esos pensamientos que lo atormentaban y que giraban en torno a cierta pelirroja...

Gracie oyó voces en el salón y respiró hondo. Por desgracia, el traje de sirvienta no se había arrugado.

Además, era un poco pequeño para ella y se le pegaba a los pechos, al trasero y a las caderas. Se arregló un poco el pelo, se lo recogió en un moño alto y agarró la bandeja con las copas de champán y los canapés.

Cuando entró en el salón, se hizo el silencio. Gracie era consciente de las miradas que la seguían... Tenía que ser la mujer que había visto en la foto del periódico. Por el rabillo del ojo vio a una rubia escultural que estaba cerca de Rocco, junto a la ventana.

De repente él la sorprendió acercándose y quitándole la bandeja de las manos.

–Gracias, Gracie. Vamos a comer dentro de veinte minutos.

Ella soltó la bandeja y trató de descifrar esa mirada ambigua que había en los ojos de él, pero no pudo, así que dio media vuelta y se marchó. Terminó de preparar los entrantes y ahuyentó de su mente esas imágenes turbadoras en las que veía a Rocco brindando con la rubia.

Rocco no podía sacarse de la cabeza la imagen de Gracie, entrando en el salón, con el uniforme... Se había grabado con fuego en su memoria. Claramente le quedaba demasiado pequeño. La prenda se ceñía a su menudo cuerpo y mostraba curvas que normalmente estaban escondidas. Él era el único culpable...

–¿Rocco?

Rocco salió de la ensoñación y miró a la mujer que estaba a su lado. Honora había arqueado una ceja y sus ojos azules, perfectamente maquillados, lo miraban con curiosidad.

–Lo siento –le dijo él, sonriendo.

Gracie acababa de servir los entrantes... Puso la oreja contra la puerta para tratar de oír la conversación. Oyó la voz grave de Rocco y después una risita ligera y un tanto irritante.

–¡Oh, Rocco, eres terrible!

Gracie se sonrojó. La cara le ardía de calor. Se sentía paranoica, como si Rocco pudiera entrar en cualquier momento con su plato de entrantes de *linguine* y trufas para decirle...

«¿Te estás burlando de mí? ¿Creíste que esto sería apropiado?».

Pero eso no pasó, así que Gracie siguió adelante con el primer plato.

Después de un tiempo prudencial, volvió a salir para rellenarles las copas de vino. Rocco se había terminado los entrantes, pero la señorita Winthrop apenas los había tocado. La mujer apenas la miró. Simplemente empujó el plato hacia el borde de la mesa. Gracie se mordió la lengua al ver que Rocco le lanzaba una mirada de advertencia. Les rellenó las copas y retiró los platos. Tenía ganas de hacer una reverencia, pero tuvo que aguantar las ganas.

Cuando les llevó el primer plato, no pudo evitar sentir una gran satisfacción al ver la cara de sorpresa de Rocco. El olor a *cacciatore* de gallina de Guinea era exquisito. Les sirvió a los dos y volvió a retirarse a la cocina. Estaba empezando a enojarse mucho con la cita de Rocco. En el bar donde trabajaba, la gente al menos la miraba a la cara, aunque fuera un sitio sin ninguna clase.

Empezó a recoger y a limpiar, ignorando el murmullo de voces y tratando de no imaginar de qué podían estar hablando. ¿Planes de boda? Gracie dio un golpe con un pañito de cocina... Celos locos...

Cualquier sentimiento hacia Rocco de Marco que no fuera antipatía y cansancio, era totalmente absurdo.

Oyó un ruido y dio media vuelta. George acababa de entrar por la otra puerta de la cocina, que daba al vestíbulo de la entrada. Al terminar su turno le había dado la misma cena que les había servido a Rocco y a su invitada.

–Ésta ha sido la cena más increíble que he tomado jamás.

Gracie sonrió de oreja a oreja.

–¿En serio? ¡Oh, George, gracias! –fue hacia él y le dio un beso espontáneo.

Pero justo en ese momento se abrió la otra puerta. Gracie retrocedió de inmediato, con las mejillas ardiendo.

Rocco estaba allí de pie, con cara de pocos amigos, con la servilleta en la mano.

–Si estás lista, nosotros hemos terminado.

George se escabulló tan rápido como pudo y Gracie se centró en Rocco, sintiéndose culpable sin motivo alguno. Rocco se quedó en la puerta, obligándola a pasar por su lado. Sus caderas se rozaron brevemente.

Retiró los platos. Por suerte esa vez la gélida rubia no la miró ni una vez.

Habiendo recuperado la compostura, volvió con el postre y el café.

–Cariño... –decía la señorita Winthrop–. ¿Cómo pudiste llevarte a Louis del Four Seasons? ¡Roberto tiene que estar hecho una furia! La comida estaba divina.

Gracie sintió una descarga de satisfacción al tiempo que dejaba la bandeja sobre una mesa cercana. En el silencio que siguió, se dio cuenta de que estaba conteniendo la respiración, esperando a ver qué decía Rocco. A medida que pasaban los segundos, la espera se hizo cada vez más importante.

–En realidad... –dijo, por fin, aclarándose la garganta–. Louis no se encontraba bien esta tarde, así que fue Gracie quien nos preparó la cena. Es mi ama de llaves, de forma temporal –añadió.

Gracie, que estaba recogiendo los platos y cubiertos, volvió a ponerlos sobre la mesa. De repente se sintió un poco mareada. No podía creerse que Rocco le hubiera reconocido el mérito. Por primera vez en toda la tarde, la rubia le lanzó una mirada recelosa y inquisitiva.

–Oh... Qué bien.

Las palabras desprendían condescendencia.

–No iba a decir nada... –añadió, volviendo a mirar a Rocco–. Pero pensé que quizá Louis se había tomado el día libre, o que había mandado a uno de sus ayudantes de cocina... La gallina de Guinea sabía un poco raro. Espero que supiera lo que hacía. Mañana tengo un evento familiar. No puedo ponerme enferma.

Gracie se quedó clavada en el sitio durante unos segundos. No podía creerse que aquella mujer la estuviera menospreciando de esa manera, como si no estuviera presente. Rocco la miró fugazmente, pero no pudo devolverle la mirada. Dio media vuelta y huyó hacia la cocina, oyéndole hablar en bajo a sus espaldas. No podía distinguir lo que decía.

Temblorosa, apoyó las manos en la encimera y trató de calmarse, pero las lágrimas no tardaron en salir. Oyó una risotada proveniente del salón. Era la risa irritante de esa mujer... Poco después se oyó un portazo. Gracie dio un salto. Seguramente Rocco y su invitada habían salido, rumbo a un exclusivo local nocturno... Se secó las lágrimas que corrían por sus mejillas y se puso a limpiar, llorando sin parar. No oyó la puerta que se abría...

–Gracie... –dijo alguien de repente a sus espaldas.

Gracie se dio tal susto que soltó la cacerola que tenía en las manos. La cazuela metálica golpeó el suelo con gran estruendo. Dio media vuelta, demasiado sorprendida como para reparar en el aspecto que tenía. Los ojos se le habían aclarado, pero las mejillas todavía le escocían. Rocco estaba allí. Se había quitado la chaqueta y llevaba la corbata floja, como si hubiera tirado de ella con impaciencia. El último botón de su camisa estaba desabrochado. Tenía el pelo alborotado. Gracie reparó en todos esos detalles en un abrir y cerrar de ojos.

–He oído la puerta de salida –dijo, confusa, preguntándose si era un espejismo–. Pensaba que te habías ido.

Rocco sacudió la cabeza. Tenía las manos metidas en los bolsillos. Gracie tuvo que aguantar las ganas de bajar la mirada.

–La señorita Winthrop se ha ido a casa y no va a volver. Te pido disculpas por su grosería. No quiso entrar a disculparse ella misma.

Gracie abrió la boca y la cerró de inmediato.

–¿Le pediste que entrara? ¿Y que se disculpara?

Rocco asintió.

–Ni siquiera debería haber tenido que pedírselo. No tenía derecho a hablarte así. Y estaba equivocada. La comida estaba exquisita –sacudió la cabeza suavemente–. No tenía ni idea de que sabías cocinar así.

–Una de mis madres adoptivas trabajó en París como jefe de cocina en los años sesenta –dijo Gracie, abrumada ante tanto halago–. Terminó trabajando de cocinera en el comedor de un colegio cuando regresó a Inglaterra, porque siendo mujer nadie quería contratarla como jefe de cocina –Gracie se encogió de hombros–. En realidad no se me da tan bien. Aprendí lo básico y me gusta cocinar.

Rocco se adentró un poco más en la cocina. Gracie tragó en seco y retrocedió. Tropezó con la cacerola. Bajó la vista y se dio cuenta de que la salsa se había derramado. De forma automática se agachó para limpiar.

Un segundo después, Rocco estaba a su lado, agarrándola del brazo y ayudándola a incorporarse, quitándole la cacerola de las manos.

–No... Ya lo limpiará otra persona.

Gracie levantó la vista. De repente estaba demasiado cerca. Su presencia física era arrolladora y ella tenía los ojos rojos. Lo que más temía de todo era que él notara que había estado a punto de llorar.

–No tienes por qué disculparte. Fue ella quien me trató mal.

–Pero fui yo quien te puso en esa situación... Lo siento –dijo él

La confusión y el pánico libraban una batalla en el interior de Gracie. No sabía qué estaba pasando. Él la miraba tan fijamente...

–Deja de decir eso. No lo sientes en absoluto.

Las lágrimas le emborronaban la visión de nuevo. Gracie intentó contenerlas, parpadeando deprisa. La había convertido en una criatura llorona y furiosa... ¿Por qué no se iba y la dejaba en paz? Trató de soltarse de él con brusquedad.

–¿Sabes lo que se siente cuando te humillan así? ¿Como si no existieras? ¿Tienes idea de lo que se siente? Soy una persona, Rocco. Soy una persona con esperanzas, sueños, sentimientos. No soy una mala persona, independientemente de lo que puedas pensar tú. Cuando alguien te humilla con una mirada como esa, como si fueras invisible...

–Gracie...

Rocco la tenía agarrada de los dos brazos. Estaba justo delante de ella, sujetándola con fuerza. Ella respiró profundamente.

–Sí sé... Sí sé cómo es.

–¿Pero cómo vas a saberlo? –exclamó Gracie con desprecio–. No tienes idea de lo que estoy diciendo.

Él la agarró con más fuerza.

–Sí que lo sé.

En ese momento aflojó la presión de sus manos y Gracie levantó la vista, más confundida que nunca. Él la agarró de la barbilla para que no pudiera rehuirle la mirada.

–Yo sí te veo.

Gracie sintió un torbellino de emociones. Sentía calor por todas partes.

–Tú no... –sacudió la cabeza–. No puedes... No soy nadie.

Él sacudió la cabeza con fuerza.

–No.

De repente Gracie se dio cuenta de que durante el forcejeo se habían movido hasta un rincón de la cocina que apenas estaba iluminado, junto a la ventana.

En ese momento el mundo podría haber dejado de girar, pero ella no se habría dado cuenta. Lo único que veía eran los ojos negros de Rocco, insondables y enigmáticos; se estaba hundiendo en ellos. Tuvo que luchar contra la marea más fuerte que jamás la había llevado.

–Rocco... –la voz le temblaba–. ¿Qué estás haciendo? ¿Por qué estás aquí?

Le estaba presionando el pecho con ambas manos, como si aún quisiera soltarse, zafarse de él. Él ya no la agarraba con tanta fuerza, pero ella seguía sin poder escapar. Un letargo fatal se había apoderado de sus músculos. Él la atrajo hacia sí. No habló durante unos segundos y entonces fue como si le estuvieran sacando las palabras.

–Te deseo. Estoy aquí porque te deseo. Esta noche, la semana pasada, desde que te conocí... Siempre te he deseado. A ella no. Y creo que se dio cuenta. Por eso fue tan cruel contigo.

Gracie sacudió la cabeza... Jamás hubiera pensado que él llegaría a notar su obsesión secreta.

–No. Te aburres... O tratas de darle celos o algo así. Yo solo te vengo bien en este momento.

–No es que me vengas bien. Y no me aburro. Me da igual si ella siente celos, porque se acabó y no voy a volver a verla.

Gracie sintió que la cabeza le daba vueltas.

–Pero... Tenías una relación con ella, ¿no? Ibas a casarte.

Rocco guardó silencio durante unos segundos. El peso de esas palabras cayó sobre él. Acababa de terminar su relación con Honora Winthrop, y al hacerlo había puesto fin a sus planes de boda. Lo había hecho porque deseaba acostarse con Gracie desesperadamente... Lo deseaba más de lo que había deseado nada en toda su vida. La única parte de su mente que aún era gobernada por la razón le decía que aún no era tarde. Si alcanzaba a Honora justo al llegar a su casa, no todo estaba perdido. Pero no tenía ganas de ir detrás de ella. Esa horrible sensación de claustrofobia en la que había estado sumido durante semanas se había disipado por fin.

–No teníamos una relación –Rocco sacudió la cabeza–. En realidad, no. Lo que teníamos era un arreglo de conveniencia.

–Pero eso... suena muy frío.

Rocco se encogió de hombros.

–Así es la vida. Todavía no le había pedido que se casara conmigo. Y tampoco me he acostado con ella.

Gracie estaba intentando asimilarlo todo. Rocco la atrajo hacia sí. Se sentía como si estuviera en un tren de un único destino, y ya no tenía forma de bajarse. Sin darse cuenta se había puesto de puntillas... En ese momento él bajó la cabeza hacia ella. Esos labios hermosos se acercaron más y más. Gracie cerró los ojos y una ola de calor impregnó sus labios, marcándola con fuego. Al principio el beso fue como caer en un remolino. De forma instintiva, Gracie se aferró a la camisa de Rocco, porque ya apenas sentía las piernas. Y entonces una extraña urgencia se apoderó de los dos, como si el primer contacto no fuera suficiente. Rocco le tocó la cara, la acorraló contra la pared. Gracie se recostó contra la superficie y apoyó todo el peso en ella.

La boca de Rocco se movía sobre la suya con frenesí, pero sus labios eran suaves, seductores... Sintió la caricia de su lengua contra sus propios labios, todavía sellados... Lentamente apretó los puños y fue abriendo la boca, dejándole entrar. El beso se hizo más intenso. Él apretó el pecho contra ella, aplastándole las manos en el proceso, pero a ella no le importaba. Era maravilloso sentir sus manos aterciopeladas, sujetándole las mejillas mientras la besaba.

Gracie se estaba cayendo, deslizándose, escurriéndose, adentrándose en otra dimensión. El aroma de Rocco la embriagaba. Su lengua la acariciaba con ternura y habilidad. Sus dientes le mordían el labio inferior. Era tan dulce y pícaro al mismo tiempo...

De repente la besó en la comisura del labio. Gracie abrió los ojos. Sentía la boca hinchada, magullada. Era como si hubieran dado un salto en el tiempo... Levantó la mirada. Al estar tan cerca, podía ver llamaradas de oro en aquellos ojos tan negros... Él también estaba sonrojado.

–¿Qué es esto?

Rocco le quitó las manos del rostro y le agarró un mechón de pelo, enroscándolo alrededor de un dedo.

–Esto... –le dijo, mirándola a los ojos–. Se llama química. Pero nunca antes la había sentido así.

Gracie sacudió la cabeza.

–Yo tampoco he sentido nada así antes.

Rocco deslizó una mano sobre su cadera hasta llegar a la cintura, y después siguió subiendo hasta tocarle un lado del pecho. Con una sonrisa perezosa, Rocco movió la mano hacia dentro hasta abarcar todo su pecho y entonces empezó a acariciarle el pezón arriba y abajo, endureciéndolo más y más. Gracie contuvo la respiración.

–Esto... es lo que empezó la noche en que nos conocimos.

Gracie buscó sinceridad en sus palabras. Él también lo había sentido. Esa conexión extraordinaria... Era como un cable de alta tensión que se cargaba de corriente cada vez que lo miraba. No tenía nada que ver con su hermano Steven. Ese vínculo primario existía desde antes de conocerlo. Levantó las manos y lo agarró de la cabeza; su pelo suave y sedoso entre los dedos... Le hizo acercarse y le dio un beso. Él tomó la iniciativa entonces. La agarró de la cintura, abrió la boca y tomó el control. Sus lenguas se encontraron con fiereza. Gracie se pegó a su duro pectoral, aplastando los pechos contra él, buscando la manera de aplacar el dolor que crecía por todo su cuerpo. Sus caderas estaban pegadas. Gracie podía sentir la línea de su miembro erecto contra el abdomen, así que abrió las piernas casi de forma automática. Rocco le quitó el delantal y deslizó las manos por su cuerpo hasta encontrar los botones del vestido. Los agarró con fuerza y tiró hacia fuera, arrancándolos de cuajo. Ella sintió que una bocanada de aire frío aplacaba el ardor que sentía en la piel. Quería soltarse, liberarse de la ropa... Casi gritó de placer cuando Rocco le tiró del vestido, dejándole los pechos al descubierto. El tejido se desgarró.

Él se apartó de ella un instante y bajó la vista, respirando con mucha dificultad. Gracie se sentía mareada. Su corazón latía sin control, como un tren de alta velocidad... No le llegaba suficiente oxígeno al cerebro. Los ojos de Rocco estaban velados, sumidos en un sopor... Le bajó las mangas del vestido todo lo que pudo, destapando aún más sus pechos. Su piel pálida resplandecía como el marfil bajo un sostén de color negro. La prenda no era picante ni sensual, pero a Gracie le traía sin cuidado. Necesitaba sentir el tacto de sus manos, su boca...

Como si pudiera leerle la mente, Rocco le destapó un pecho, bajándole la copa del sujetador. Hipnotizado, lo abarcó con la mano y empezó a acariciarla, estimulando el pezón arriba y abajo con la yema del pulgar. Gracie se mordió el labio para no suplicarle más y más. Una descarga de excitación le corría por las venas.

Rocco bajó la cabeza y abarcó el pezón con los labios. Deslizó la lengua sobre él, chupando hasta endurecerlo del todo. Gracie apoyó la cabeza contra la pared... Ya casi no sentía dolor en aquel maremágnum de placer que inundaba su cuerpo. Sus caderas se mecían contra las de Rocco. Había separado aún más las piernas y podía sentir su erección, dura y larga, contra su propio sexo.

Quería verle desnudo, así que empezó a buscar los

botones de su camisa. Sus manos torpes apenas podían desabrocharlos. Él se apartó un momento y entonces pudo verle bien. Una llamarada de lujuria hacía brillar esos ojos negros; un deseo demasiado grande como para negarlo. La tenía atrapada contra la pared. La empujaba con las caderas, y eso debía de ser lo único que la mantenía en pie.

Rocco la miró fijamente. Su respiración entrecortada hacía que sus pechos pálidos subieran y bajaran rápidamente. Tenía unos pezones pequeños y sonrosados, rodeados de aureolas algo más oscuras. Tenía pecas por toda la piel... De repente Rocco sintió que el peso del destino, como algo inevitable, caía sobre él. Ella le pertenecía.

Presa de una impaciencia que no le caracterizaba en absoluto, atinó a abrirse la camisa con manos temblorosas. Los botones cayeron a su alrededor. Agarró el vestido de Gracie por las costuras y se lo arrancó del todo, desgarrándolo hasta el dobladillo. La sangre bullía en sus venas; estaba imparable. La prenda le cayó hasta las rodillas, dejándole ver una braguitas negras. Se sentía como un salvaje, un cavernícola, presa de los instintos más primarios. Nunca se había sentido así. La miró un instante y le habló por última vez.

–Vamos a hacerlo aquí y ahora. A menos que digas que no. Tienes diez segundos para decidirte.

Capítulo 6

GRACIE levantó la vista hacia Rocco. Sacudió la cabeza y le agarró el cinturón.

–No pares.

Él esperó un segundo, como si la estuviera poniendo a prueba, y entonces se quitó la camisa y empezó a bajarle el vestido por los brazos hasta quitárselo del todo. También le quitó el sujetador... Gracie quedó totalmente desnuda excepto por las braguitas. De repente se sintió expuesta, vulnerable... Pero Rocco empezó a desabrocharse el cinturón... Se quitó los pantalones.

Gracie contempló su imponente físico. Músculos duros, una piel bronceada y radiante... Una fina línea de vello que descendía por su pecho y que se hacía cada vez más larga a medida que sus pantalones bajaban... sobre sus muslos... Llevaba unos calzoncillos ceñidos que dejaban ver todo el esplendor de su potencia masculina... Gracie se quedó boquiabierta...

Sus miradas se encontraron... Fue como si estuvieran en el ojo de la tormenta. De repente, todo se volvió lánguido, lento. Él enredó las manos en su cabello, le soltó el moño. Encontró sus labios, la besó, descubriendo su sabor. Y entonces empezó a besarla por el hombro, por los pechos, llenos y doloridos. Abarcó sus pechos con las manos y empezó a morderle los pezones con avidez, haciéndola gemir de puro placer.

La necesidad y la tensión no tardaron en crecer de nuevo. Gracie se apretaba contra Rocco, la espalda arqueada, moviendo las caderas con urgencia. Él deslizó una mano a lo largo de su espalda, por dentro de sus braguitas. La agarró del trasero y empezó a apretárselo... Volvió a besarla, la atrajo hacia sí, rozándose contra sus pezones sensibles. Gracie se aferraba a sus hombros, incapaz de hacer otra cosa que no fuera sucumbir a ese arrebato sensual. Él empezó a bajarle las braguitas poco a poco y entonces buscó su entrepierna. Gracie contuvo el aliento al tiempo que unos dedos exploraban los rizos húmedos que rodeaban su sexo. Se agarró de los hombros de Rocco, sintiendo cómo este se adentraba en los rincones más secretos del centro de su feminidad. Él encontró la parte más íntima de su sexo y empezó a frotarla adelante y atrás. Gracie empezó a temblar.

Rocco metió el dedo aún más adentro, llevándola a un nivel más alto... Gracie llegó al clímax rápidamente; su cuerpo se estremecía alrededor de la mano de Rocco. Esa ola repentina de placer fue tan intensa que unas lágrimas repentinas brotaron de sus ojos. Su cuerpo se tensó como una piedra durante unos segundos.

Cuando todo terminó, Rocco retiró la mano lentamente. Gracie se sentía convulsionada, insensible. Llamaradas de sensaciones corrían por su piel. Jamás había experimentado nada parecido. Lo único que recordaba de sus pocas experiencias sexuales era que nunca había encontrado ningún tipo de placer. Pensaba que el sexo era sobrevalorado. No podía creerse que acabara...

De repente sintió que la levantaban en el aire.

–Pon las piernas alrededor de mi cintura.

De forma automática, hizo lo que le pedía. Entrelazó los pies sobre el trasero de él y le rodeó el cuello con los brazos. Él la llevó a la enorme mesa donde solían tomar el desayuno. Sujetándola con un brazo, tiró todo lo que había sobre la mesa al suelo. Los libros de cocina aterrizaron con un golpe seco. Una copa se hizo añicos. Rocco la hizo acostarse boca arriba, todavía enroscada alrededor de su cintura. Gracie podía sentir su erección, golpeándole el trasero...

La hizo soltar las piernas, sin dejar de mirarla ni un segundo. Metió las manos por dentro de sus calzoncillos y se los quitó con un movimiento rápido y ágil. Gracie bajó la vista y contempló el alcance de su erección. Le había parecido grande, pero se había quedado corta. Era descomunal. Una descarga de expectación y miedo la recorrió de arriba abajo. Él tenía las manos sobre sus braguitas, y se las estaba quitando. Gracie levantó las caderas en silencio. Sus miradas se encontraron... Vio cómo la mirada de Rocco iba a parar a los rizos dorados que tenía en la entrepierna. Él respiró hondo, sus ojos se hicieron aún más grandes. Y entonces le separó las piernas con esas manos enormes... Bajó la cabeza...

El corazón de Gracie se detuvo. Nunca antes...

Sintió su aliento cálido sobre la piel. Apretó los puños. Y entonces sintió el primer roce de su lengua... Un temblor de puro éxtasis la sacudió por dentro al tiempo. Él jugaba con ella, lamiéndola, tentándola... Gracie podía sentir cómo su cuerpo volvía a tensarse otra vez. La llegada del clímax era inminente de nuevo, y de repente no podía soportar lo fácil que era tener un orgasmo con él. No podía soportar que él la viera sucumbir. Trató de cerrar los muslos, buscando su cabeza con las manos, tirándole del pelo antes de que fuera demasiado tarde. Ya podía sentir sus músculos, contrayéndose y dilatándose...

–No... Para... Es demasiado.

Finalmente pareció que Rocco la oía... Se puso sobre ella. Su cuerpo era enorme y esbelto... Tan poderoso que cortaba el aliento y la hacía olvidar todo lo demás. De repente le pareció ver que él se protegía. Y entonces, metiendo una mano entre sus cuerpos pegados, dirigió su poderoso miembro... Gracie sintió cómo pugnaba por entrar dentro de ella.

La intrusión la hizo contener el aliento unos segundos. Miró sus cuerpos pegados un instante. La piel pálida de sus propios muslos estaba tensa contra las caderas de Rocco. Él estaba entrando en ella, con fuerza y decisión, empujando y dilatando su cuerpo de mujer. La sensación era arrolladora... Estiró un brazo e hizo ademán de pararle, pero su mano se topó con su tenso abdomen, sus músculos fuertes, húmedos de sudor... Una ola de calor la inundó por dentro, abriéndose camino dentro de ella.

Y después de una fracción de segundo que pareció eterna, él estaba totalmente dentro. Podía sentirle en su interior, en toda su plenitud, llenándola por completo, lanzando dardos de placer que se dirigían a todos los rincones de su cuerpo. Él empezó a moverse de nuevo y esos temblores de placer se incrementaron... La hicieron arquear la espalda.

Él inclinó la cabeza y empezó a mordisquearle un pezón, succionando con frenesí mientras empujaba con todas sus fuerzas. Esa vez la facilidad de movimiento fue diferente. Los músculos de Gracie se tensaron alrededor de él, como si no soportara dejarle ir. Enroscó las piernas alrededor de las caderas de él, obligándole a acercarse más. Los empujones de él se hicieron cada vez más frenéticos, profundos... Gracie podía sentir cómo llegaba la descarga de placer. Justo en el momento en que empezaba a abandonarse a los delirios del clímax, pudo ver la expresión de Rocco. Él estaba aguantando, esperando por ella. Y cuando la felicidad más eufórica y poderosa se cernió sobre ella, sintió también una profunda ternura. Rocco siguió empujando. Los músculos de ella se contrajeron una vez más alrededor de su grueso miembro... Y entonces él se rindió por fin y dejó que su propio cuerpo sucumbiera a las delicias del orgasmo.

Finalmente, una calma fugaz cayó sobre ellos. Y el único sonido que se podía oír era el de sus respiraciones entrecortadas. Gracie fue consciente en ese momento de tener las piernas alrededor de la cintura de Rocco... Su pecho, húmedo, la aplastaba contra la fría superficie de la mesa.

Estaba desnuda, tumbada boca arriba, con las piernas alrededor de un hombre, bajo la luz de la cocina... De repente fue como si le acabaran de dar una ducha fría. Rocco de Marco estaba entre sus piernas... Su propio cuerpo todavía le acogía en el más íntimo de los abrazos. Antes de que esa realidad pudiera imponerse por sí sola, Rocco se retiró y bajó la vista. El pelo le caía de forma sexy sobre la frente. Gracie todavía podía sentirle dentro... y todavía estaba excitado.

Como si pudiera leerle el pensamiento, él sonrió.

–Si no nos movemos, creo que repetiremos dentro de poco.

Se separó del todo y salió de su cuerpo. Gracie se sintió vacía de inmediato, y muy desnuda. Rocco la tomó en brazos y salió de la cocina, evitando los obstáculos que habían tirado al suelo. La llevó al dormitorio, la puso sobre la cama con toda la dulzura del mundo, como si estuviera hecha de porcelana y entonces entró en el cuarto de baño. Un segundo después, Gracie oyó el sonido de la ducha.

Rocco regresó unos minutos más tarde, volvió a tomarla en brazos, como si no pesara más que una pluma, y la llevó a la ducha. Se enjabonó las manos y empezó a frotarla por todo el cuerpo, lavándola... Gracie decidió dejar de intentar sacarle sentido a todo aquello y guardó silencio mientras él la enjabonaba.

Cuando deslizó las manos por su entrepierna, Gracie abrió los ojos y contuvo la respiración. Era tan viril y hermoso. El agua corría por su rostro perfecto, por su pectoral duro, y esas manos poderosas la frotaban en la entrepierna, haciéndola gemir suavemente.

Se le acercó por detrás entonces, pegándose a ella hasta hacerla sentir el poder de su erección. Metió las manos por debajo de sus axilas y le agarró los pechos jabonosos, atrapando sus pezones entre las yemas de los dedos.

–Estabas tan tensa a mi alrededor. Me gustó.

Ese sentimiento de vulnerabilidad se desvaneció

cuando recordó lo que había sentido en ese primer momento, al tenerle dentro de ella.

–A mí también me gustó –le dijo, volviéndose y mirándolo a los ojos con timidez.

Él se limitó a mirarla durante unos segundos, mientras el agua caía a su alrededor, y entonces la metió bajó el chorro para quitarle el champú y el jabón. El tacto de sus manos ya no era seductor, era rápido e impaciente.

Después cerró el grifo, buscó dos toallas y la envolvió en una de ellas. De pronto fue como si un viento frío hubiera pasado entre ellos. Gracie estaba ansiosa, expectante. ¿Había hecho algo mal? ¿Se había mostrado demasiado fácil? ¿Cómo iba a explicarle que se había sentido como si lo conociera de toda la vida? Le observó mientras se secaba sin decir ni una palabra. No podía evitar devorarle con la mirada... Sus músculos se contraían y se estiraban con cada movimiento.

Aunque reticente, se obligó a decir algo.

–¿Estás...? ¿Todo bien?

Él se detuvo.

–¿Y por qué no iba a estarlo? –le dijo él, sin mirarla a la cara.

Parecía tan remoto y cortante que Gracie dio un paso atrás, agarrando con fuerza su toalla.

–Si te arrepientes de lo que acaba de pasar...

Él se dio la vuelta de golpe y se puso la toalla alrededor de la cintura.

–¿Pero qué dices? –le dijo, fulminándola con la mirada–. ¿Por qué me iba a arrepentir de nada? Es el mejor sexo que he tenido jamás.

Gracie se puso blanca como la leche y sintió un calor repentino.

–Bueno, no tienes por qué enfadarte por ello. No tiene por qué volver a pasar.

De repente él estaba demasiado cerca.

–No ha sido algo de un día. Va a pasar de nuevo y seguirá pasando hasta que nos curemos de esta locura.

–Bueno, para tu información, creo que he tenido bastante. No necesito curarme de nada. Esto ha sido una muy mala idea.

Se tapó con la toalla y echó a andar hacia la puerta, pero él la hizo detenerse poniéndole las manos sobre los hombros. Se taladraron con la mirada durante un segundo. El aire echó chispas.

–¿Adónde crees que vas?

–Oh, entonces ahora me tienes prisionera en esta habitación, no solo en tu apartamento.

–Maldita sea –Rocco tiró de ella y, en un abrir y cerrar de ojos, la estaba besando, echándole atrás la cabeza, aplastándole los labios.

Desafiante hasta el final, Gracie mantuvo la boca cerrada y se puso rígida. Contuvo la respiración, pero finalmente no tuvo más remedio que abrir los labios. Rocco aprovechó la oportunidad para invadir su boca. Tirándole de las caderas, la atrajo hacia sí... Y Gracie pudo sentir cómo resurgía su deseo. De repente volvía a estar sumergida en ese remolino... Y una necesidad imperiosa la atravesaba de lado a lado. Después de probar a Rocco, después de sentir todo el poder de su pasión, ya no había vuelta atrás.

Él se apartó un instante después de unos cuantos segundos de vértigo.

–No voy a hacerte el amor como un animal de nuevo.

Se agachó, la tomó en brazos de nuevo y la llevó de vuelta al dormitorio. La colocó sobre la cama y se quitó la toalla de la cintura. Gracie no pudo dejar de mirarlo a medida que se acercaba.

Rocco se acostó encima de ella y apartó la toalla que la cubría, dejándola desnuda ante sus ojos. Deslizó el dorso de la mano entre sus pechos hasta llegar a la entrepierna. Ella se retorció un momento, se mordió el labio. Hubiera querido tener fuerza suficiente para agarrarle la mano y apartársela. Hubiera querido decirle que no iba a sucumbir de nuevo, pero no pudo.

Él le separó las piernas y empezó a tocarle en el sitio más íntimo. La miró a los ojos.

–Eres mía, Gracie O'Brien, y vas a serlo una y otra vez... hasta que ya no sepas quién eres.

«Eres mía, Gracie O'Brien, y vas a serlo una y otra vez... hasta que ya no sepas quién eres...».

Rocco estaba de pie frente a la ventana del dormitorio, de espaldas. Los primeros rayos de luz del amanecer teñían de rosa el cielo de Londres. Tenía los brazos cruzados y contemplaba con gesto serio a la mujer que dormía en la cama.

La noche anterior le había demostrado que, por mucho autocontrol y uso de razón que hubiera ganado con los años, el deseo más primario era más fuerte. Cuando Honora había hecho esos comentarios tan desagradables, había tenido ganas de inclinarse sobre la mesa y hundir ese rostro perfecto en el postre que había preparado Gracie.

–La velada ha terminado –le había dicho a la despampanante rubia, poniéndose en pie–. Te agradezco que hayas venido, pero creo que los dos sabemos que esto no va a pasar de aquí.

Honora también se había puesto en pie, temblando de rabia.

–¿He terminado porque andas detrás de esa sirvienta respondona? ¿Es por eso que te niegas a acostarte conmigo? No lo entiendes, ¿verdad? Puedes tenerme a mí y tenerla a ella también. Así es como se hace. Yo solo espero discreción. Puedes acostarte con quien te dé la gana siempre y cuando guardemos las apariencias y finjamos ser un matrimonio feliz.

Ella había dicho exactamente lo que él se había propuesto conseguir.

–Vete. He cambiado de opinión –le había dicho al final, rechazando sus palabras como si fueran venenosas.

Honora se había limitado a sacudir la cabeza. Sus ojos eran dos témpanos de hielo llenos de malicia y desprecio.

–No volverás a tener otra oportunidad como esta.

–Yo creo mis propias oportunidades, como siempre he hecho. Ahora, lo que quiero que hagas es que te disculpes ante Gracie y que te vayas.

Honora se había echado a reír y se había marchado dando un portazo.

De eso no hacía más que un día, pero bajo la fría luz de la mañana, Rocco apenas daba crédito a lo que había hecho. Había arruinado su reputación sin remedio. Alguien como Honora Winthrop no tardaría en difamarlo... Pero eso tampoco le preocupaba demasiado, no cuando tenía delante a esa mujer maravillosa, cuyo cuerpo llevaba la marca de una noche de pasión desenfrenada.

Sonrió con cinismo. A pesar de las amenazas de Honora, el dinero siempre obraba milagros... Al final sería alguna otra de esas gatas de alta sociedad la que cayera en sus redes, y así se colaría en ese círculo al que tanto ansiaba pertenecer. Podía tenerlo todo, y Gracie estaba incluida. Volvió a la cama y se sentó. Sonrió al ver que ella fruncía el ceño, en sueños. Su boca seguía hinchada. Se inclinó y le dio un beso... Ella abrió los ojos. Él se apartó un instante, para contemplarla.

–Hola –le dijo ella con voz ronca y adormilada.

Todo era tan sencillo, tan natural... Rocco sintió una punzada en su interior, pero decidió ignorarla. Se inclinó sobre ella y la besó con fiereza.

Cuando Gracie se despertó parpadeó varias veces y trató de protegerse del sol que entraba a chorros por las ventanas del dormitorio. Era el dormitorio de Rocco. Miró a su alrededor, tratando de ignorar las agujetas que le agarrotaban los músculos de las piernas. No había nadie más en la habitación. Todo estaba en silencio. Miró el reloj y vio que era la una de la tarde. Reprimiendo un grito, se puso en pie de un salto, pero tuvo que volver a sentarse de inmediato para no caerse. Un aluvión de imágenes desfiló por su memoria. Esa noche interminable en brazos de Rocco, su cuerpo poderoso empujando una y otra vez... Y esa misma mañana, justo al amanecer, se lo había encontrado sentado en la cama, junto a ella, observándola con esos ojos oscuros e intensos... Entonces la había besado, y todo había empezado de nuevo.

Trató de mover una pierna e hizo una mueca de dolor. Se incorporó como pudo y fue hacia el cuarto de baño, sujetando la sábana a su alrededor. Las toallas de Rocco estaban por el suelo, y sobre el lavamanos. Su inconfundible aroma impregnaba la estancia, reanudando el ataque de los recuerdos.... Finalmente no fue capaz de ducharse en ese cuarto de baño, así que regresó al dormitorio y fue hacia la puerta. La abrió con sumo cuidado, temiendo encontrárselo al otro lado. No había nadie. Salió corriendo y se dirigió hacia su propia habitación. Entró y bloqueó la puerta. Se metió en la ducha y se restregó hasta borrar todo rastro de la noche. Cuando salió se puso unos pantalones sueltos y una camisa, procurando estar lo más tapada posible. Se recogió el cabello en una coleta. Al abrir la puerta, oyó un ruido proveniente de la cocina. De repente recordó el desorden que habían dejado allí y la cara le ardió de vergüenza. Se imaginó al grandullón de George en medio de todo aquello, mirando a su alrededor, perplejo.

Roja como un tomate, corrió hacia la cocina. Pero lo que se encontró allí fue tan inesperado, que no tuvo más remedio que pararse en seco. Había una mujer fregando el suelo, y todo estaba en su sitio. No quedaba ni rastro del frenesí de la noche anterior. Habían puesto flores frescas sobre la mesa donde Rocco y ella...

–Tú debes de ser Gracie.

Confundida, Gracie miró a la mujer que se dirigía hacia ella con la mano extendida.

Se la estrechó y asintió con la cabeza.

–Sí... Soy Gracie. Lo siento, pero... ¿Quién eres tú?

–Soy la señora Jones –dijo la mujer, sonriendo–. Soy la nueva ama de llaves, todavía en periodo de prueba –se apoyó contra la fregona–. Acabo de reincorporarme al trabajo a tiempo completo ahora que los chicos están en la universidad –añadió en un tono conspiratorio–. Así que no sé cómo van a salir las cosas, pero él parece muy agradable...

Gracie no entendía nada. La mujer hablaba como si todo estuviera en orden. Pero si ella era el ama de llaves, entonces... ¿En qué lugar la dejaba eso?

–¿Te encuentras bien, cariño?

Gracie volvió a mirar a la mujer. Asintió vagamente.

–¿George está fuera?

–¿El grandullón?

Gracie volvió a asentir, le dio las gracias a la señora Jones y salió fuera del apartamento. George leía el periódico tranquilamente. Al sentirla levantó la vista y sonrió. Gracie lo miró con ojos de sospecha. Parecía igual que cualquier otro día. No debía de haber visto el desorden de la cocina.

–¿Sabes dónde está el señor De Marco?

–Debería estar en su despacho –dijo George, frunciendo el ceño–. Se fue para allá hace un par de horas, justo después de llegar el ama de llaves.

Gracie asintió y se dirigió hacia los ascensores. Al oír la voz de George se detuvo en seco y dio media vuelta. Él le miraba los pies... Porque estaba descalza.

Sonrió vagamente y regresó al apartamento para ponerse unos zapatos.

Rocco estaba parado frente a la ventana. Se pasó una mano por la nuca. No podía ignorar el cosquilleo de placer que le recorría el cuerpo, como si acabara de disfrutar de un festín. Hizo una mueca. Sí había sido un festín.

De repente sintió algo... Se dio la vuelta... Ella estaba allí. Se dirigía hacia su despacho a toda prisa. Por primera vez se arrepintió de tener ese despacho diáfano, de cristal. Ya casi había llegado a la puerta. Sus ojos oscuros estaban fijos en él, su gesto era serio. Aquella situación era tan diferente a todas las demás que casi resultaba divertido.

Pero Rocco no se reía cuando ella entró por fin.

Capítulo 7

QUÉ PASA? –Gracie tenía los brazos cruzados, como si eso fuera a protegerla del influjo que ejercía el hombre que tenía delante.

–¿De qué estás hablando?

–Acabo de conocer a la nueva ama de llaves. ¿Eso en qué me convierte?

Rocco metió las manos en los bolsillos. Rodeó el escritorio y se apoyó en una esquina.

–He contratado a la señora Jones porque no quiero que hagas nada más en la casa.

–¿Entonces soy libre? –le preguntó ella, fingiendo entusiasmo.

–Ni hablar. Nunca has sido menos libre –había un tono cortante en su voz que hizo temblar a Gracie.

–Entonces... ¿qué? ¿Me han dado un ascenso? ¿He ascendido a tu cama?

–Sí. Te han ascendido a mi cama –dijo él, esbozando una sonrisa cínica–. Me gusta cómo suena eso.

–Bueno, pues a mí no me gusta. No soy un juguete.

–Lo sé. Eres una gatita con garras de tigresa.

Gracie parpadeó, sorprendida.

–No sé si eso es un insulto o un cumplido.

–Oh, es un cumplido. Créeme –se puso en pie y fue hacia ella. Miró a un lado y a otro–. Tenías razón. ¿Sabes? Sobre lo del cristal. Lo hice poner así para poder verlo todo cuando quisiera. Me pone nervioso no saber quién viene o qué está pasando. Pero por una vez me gustaría tener cortinas o cristales tintados... Cerraría la puerta con llave y te llevaría al sofá. Te haría acostarte, te quitaría la camisa y te tocaría los pechos... Después deslizaría mis manos lentamente por dentro de tu pantalón hasta llegar a tus braguitas. Y seguiría adelante hasta sentir esos rizos suaves... Me pregunto si ya están húmedos.

–¡Basta! –grito Gracie, apretando los brazos con tanta fuerza contra su pecho, que casi no podía respirar. Estaba sudando. Su corazón latía con rapidez...

Miró a su alrededor. Estaban rodeados de gente que trabajaba con la cabeza baja. Volvió a mirar a Rocco y se sintió mareada. Cualquiera que los observara desde fuera solo vería a Rocco con las manos en los bolsillos, charlando con una chica cualquiera que había empezado a trabajar para él.

Bajó la vista. Los pantalones de Rocco apenas podían ocultar la fuerza de su potencia masculina.

–La cocina... –dijo, intentando reconducir la conversación y evitando la mirada de Rocco–. Esta mañana. ¿La señora Jones...?

Rocco le agarró la barbilla. Se había acercado más. Olía a calor, a sexo, a lujuria...

–No. Lo recogí todo yo.

Una ola de alivio inundó a Gracie por dentro.

–No sé por qué no te puedo imaginar haciéndolo.

–Sé recoger cosas del suelo –le dijo él, soltándole la barbilla–. No soy tan inútil.

Gracie se estremeció. No era ningún inútil. Era una especie de depredador urbano, magnífico e imponente. De repente se lo imaginó recogiendo sus braguitas del suelo, y ese vestido desgarrado... Reprimiendo un gruñido, Gracie dio media vuelta.

–Espera.

Lentamente ella se dio la vuelta. Él estaba de pie detrás del escritorio. Gracie respiró.

–¿Tienes el pasaporte en regla?

Ella asintió, preguntándose a qué venía eso.

–Bien. En ese caso nos vamos esta tarde a Tailandia un par de días. Y de ahí a Nueva York.

Gracie apenas podía creerse lo que estaba oyendo. Sacudió la cabeza.

–¿Tailandia?

–Es un país que está en el sureste de Asia.

–Ya lo sé –le dijo ella con impaciencia. Tenía que ser una broma–. Pero... ¿por qué?

–Porque tengo negocios que hacer y quiero que vengas conmigo.

–¿En calidad de qué?

Él apoyó las manos en el escritorio. Había una mirada felina en su rostro.

–Como mi amante, por supuesto.

Horas más tarde, Gracie seguía sin dar crédito. Iba en la parte de atrás del coche de Rocco, con las piernas estiradas por delante. Tenía el pasaporte en la mano y miraba por la ventanilla, contemplando el paisaje campestre de las afueras de Londres. El avión de Rocco estaba en una pista privada.

De repente le quitaron el pasaporte de las manos.

–¡Hey! –exclamó, dándose la vuelta.

Llevaba toda la tarde evitándole, desde que había regresado al apartamento para recogerla. Él la había mirado de arriba abajo con desprecio y había murmurado algo antes de hacer una llamada. Después, la había llevado al coche sin decir ni una palabra más.

–No has viajado mucho, ¿no? –le dijo en ese momento, examinando su pasaporte.

Gracie trató de quitárselo, pero Rocco lo sujetó en alto. El movimiento del coche la hizo caer hacia atrás, pero él la agarró de la mano en el último momento y la atrajo hacia sí. Con las mejillas encendidas, Gracie trató de guardar la compostura. Quería tocar su boca... Estaba tan cerca... Rocco enredó los dedos en sus rizos, sujetándole la cabeza.

–Gracie... –dijo con voz ronca.

Ella deseaba un beso, desesperadamente. La tensión crecía sin cesar... Quería que la tocara... Transcurrieron unos segundos... y entonces oyeron unos golpecitos en la ventana... Gracie se apartó de inmediato. Bajó del vehículo y aterrizó en el asfalto sin gracia ninguna. Rocco se limitó a mirarla con una expresión divertida.

Salió del coche y avanzó por la pista, rumbo al avión. Gracie dio un pequeño traspié, pero Rocco se detuvo y le tendió una mano... Ella miró esa mano durante unos segundos, como si fuera lo último que esperaba... Y entonces puso la suya encima.

Por mucho que quisiera negarlo, el momento estaba cargado de emoción...

Rocco miró a Gracie. Estaba sentada en un cómodo butacón, al otro lado del pasillo. Miraba por la ventanilla, como si fuera la primera vez que veía un aeropuerto. El avión empezaba a moverse, se deslizaba por la pista... De pronto vio que ella no se había abrochado el cinturón... La llamó... Le hizo señas para que se lo abrochara. Ella bajó la vista, confundida.

–El cinturón.

–Oh –buscó los dos lados de la cinta y trató de unirlas con manos torpes.

De pronto Rocco recordó ese pasaporte casi vacío. No había viajado mucho... Se incorporó rápidamente y le abrochó el cinturón. Lo apretó bien.

–Yo podría haberlo hecho.

Rocco se echó hacia atrás y la miró.

–Nunca habías viajado en avión, ¿verdad?

Ella se sonrojó. Sacudió la cabeza y apretó los labios. Sentía vergüenza.

–¿Y entonces por qué tienes un pasaporte nuevo? ¿Ibas a algún sitio?

Un segundo después de haber hecho la pregunta sintió un sudor frío por la espalda. Su deseo de confiar en ella le estaba delatando.

–*Dio* –exclamó, sin darle tiempo a contestar–. ¡Claro que sí! Debías de estar planeando un viaje con tu hermano, con el millón de euros que les robó a mis clientes.

–Eso es. Estábamos pensando en Australia. Un nuevo comienzo, de cero. ¿Es eso lo que quieres oír, Rocco? Porque puedo decirte lo que quieres oír hasta quedarme azul... Pero no por eso será verdad –se volvió hacia la ventana y respiró hondo.

Steven... Una punzada de culpa la atravesó como una lanza. ¿Cómo había podido olvidarse de su hermano de esa manera? Una imagen de la noche anterior fue la respuesta a su pregunta. No tenía forma de saber dónde y cómo estaba y, por primera vez desde su llegada a la casa de Rocco, deseaba que sus hombres le encontraran. Por lo menos de esa manera sabría que estaba a salvo y podría protegerle de la ira de Rocco.

Gracie siguió mirando por la ventana, con los ojos fijos en un punto lejano.

Una hora más tarde Rocco suspiró, frustrado. Se mesó el cabello. La tensión entre Gracie y él era tan espesa que casi se podía cortar con unas tijeras. Y no podía dejar de sentirse tremendamente culpable, como si le hubiera hecho un daño irreparable.

–Gracie...

Ella ni se inmutó.

«Porque puedo decirte lo que quieres oír hasta quedarme azul... Pero no por eso será verdad...».

Mascullando un juramento, Rocco dejó a un lado los papeles en los que no se podía concentrar y se levantó de su asiento. Se inclinó sobre ella y contempló sus mejillas pálidas. Estaba dormida. Sus pestañas, largas y oscuras, contrastaban con su piel casi transparente. De repente reparó en el rastro de una lágrima sobre su mejilla. Rocco sintió que se le encogía el estómago. Ella había estado llorando.

Mascullando otro juramento, le desabrochó el cinturón de seguridad y la tomó en brazos. Ella se despertó poco a poco y empezó a moverse.

–Shh. Te has quedado dormida. Solo quiero que estés más cómoda.

Gracie estaba demasiado dormida como para poder pensar con claridad. Y no quería hacerlo, no cuando se sentía tan segura en los brazos de Rocco. Sabía que debía luchar contra algo, pero no tenía fuerzas para averiguar qué era. Sintió que él la dejaba sobre una superficie suave y entonces notó que algo sedoso y delicioso caía sobre ella como un manto. Le quitaron los zapatos. Y entonces la cama se hundió un segundo y sintió la caricia de un beso en la frente. El roce fue tan sutil, que ni siquiera estaba segura de que hubiera sido un beso...

Un rato más tarde, Gracie se despertó, totalmente desorientada. Había un sonido constante en sus oídos. Al espabilarse, se dio cuenta de que era el murmullo del motor del avión. Miró a su alrededor, boquiabierta. Estaba en un dormitorio, en un avión.

Echó atrás las mantas y se volvió hacia una de las ventanillas. Podía ver la luz del sol, la curvatura de la Tierra, las montañas nevadas. Nunca había visto nada tan espectacular.

Se levantó del todo y se estiró. Trató de entender cómo había llegado a estar tumbada en la cama. Recordaba estar en los brazos de Rocco, un beso... Frunció el ceño. A lo mejor solo había sido un sueño. Ya no le dolía que no confiara en ella. Era evidente que no habría forma de hacerle confiar. Su hermano había desaparecido junto con un millón de euros, y ella parecía culpable por haber ido a buscarlo. Trató de ahuyentar todo pensamiento nocivo y miró a su alrededor. Había un cuarto de baño dentro del dormitorio, con toallas gruesas, una bañera y una ducha. Se sentía pegajosa y cansada, así que aprovechó la oportunidad para darse una ducha. Al salir, con una toalla enroscada alrededor de la cabeza, se fijó en varias bolsas y cajas de compras. No pudo resistir la curiosidad, así que fue a ver qué contenían. Era ropa de mujer. ¿Para ella?

Se vistió rápidamente, con sus propios vaqueros y una camisa que sacó de su maleta, y fue a buscar a Rocco. Cuando abrió la puerta, todo estaba en silencio, las luces atenuadas. Solo había visto a un único auxiliar de vuelo, un hombre. Gracie se imaginó que debía de estar durmiendo en algún sitio. No podía ver a Rocco, así que avanzó por el pasillo. De repente se detuvo. Él estaba dormido en su asiento. Tenía un brazo en el aire, y el otro sobre el pecho. Parecía tan joven...

Gracie se sentó en el brazo del asiento opuesto y contempló su rostro. Parecía mucho más accesible mientras dormía... De pronto él se movió y Gracie se puso en pie de un salto. Poco a poco él empezó a despertarse.

–Lo siento. No quería despertarte.

Para sorpresa de Gracie, Rocco parecía totalmente desorientado, pero no tardó en recuperar la compostura habitual. Le agarró la muñeca y tiró de ella. Gracie aterrizó sobre su pecho y, antes de que pudiera protestar, él le rodeó la cintura. Empezó a meterle las manos por dentro de la camisa, buscando su piel.

–Rocco... Para –sus palabras sonaron susurradas, faltas de seguridad.

Pero él le hizo caso. Se detuvo. La miró durante unos segundos.

–¿Por qué tienes un pasaporte nuevo entonces?

Gracie aguantó la respiración durante unos segundos. Buscó alguna señal que le dijera que él no la estaba tomando en serio. Soltó el aliento bruscamente.

–Te reirás de mí.

–Ponme a prueba.

Gracie trató de echarse atrás, pero Rocco la agarró con más fuerza, de forma que terminó pegada a su pecho, sentada sobre su regazo. ¿Cómo iba a concentrarse cuando podía sentir cómo se endurecía contra ella? Bajó la vista, esquivando su mirada, como si eso fuera a ayudarla a concentrarse. Jugó con un botón de su camisa. Ella respiró hondo.

–El motivo por el que tengo un nuevo pasaporte es que siempre he querido viajar, desde que era pequeña. Me hice el pasaporte en cuanto pude, aunque no tuviera intención de ir a ninguna parte. Me lo renové hace poco. Simplemente me gustaba la idea de tenerlo, para poder irme en cualquier momento. Me parecía romántico... como si existiera un mundo de oportunidades que algún día podría explorar –miró a Rocco un instante, pero no fue capaz de descifrar la expresión de su rostro. Nunca se había sentido tan expuesta.

Bajó la vista de nuevo.

–Es una tontería. Lo sé...

Rocco sabía muy bien lo que quería decir... Nada más tener en la mano su primer pasaporte, también había tenido esa sensación, como si el mundo se abriera ante él. Se había marchado de Italia y no había vuelto a mirar atrás. Le sujetó la barbilla y la hizo levantar la cabeza. Trató de ocultar la emoción que sentía con la única arma que tenía. La pasión...

–Muy bien.

–¿Bien? –le preguntó, mirándole.

–Te creo –le dijo, no sin reticencia.

Gracie se sintió como si el corazón se le hinchara en el pecho. Todo ese dolor, toda esa rabia se disolvió... Maldijo a Rocco, sabiendo que si él se empeñaba en no creerla, lo tendría mucho más fácil para lidiar con él.

Él se puso en pie en ese momento. La tomó en brazos... Ella volvió a gritar.

–¿Adónde vamos? –le preguntó ella, de camino al dormitorio.

–A tener sexo en el aire –le dijo él con chulería.

–Rocco... No podemos...

La puerta se cerró. Rocco la puso sobre la cama, le sujetó las mejillas con ambas manos y la besó hasta hacerla perder el sentido común.

Una hora más tarde, Gracie estaba acostada sobre Rocco, las piernas a ambos lados de su cadera. Su respiración todavía era errática. Sus corazones latían desbocados. Tenía la mano sobre su hombro... Al bajarla sintió una arruga en la piel. Levantó la cabeza para mirar y se encontró con una especie de cicatriz. La tocó con la yema del dedo.

–¿Qué es?

–Me caí de la bici cuando era niño.

Gracie le miró con ojos de sospecha. Él todavía tenía los ojos cerrados, pero Gracie sabía que le estaba mintiendo. ¿Por qué?

–Cuando me desperté estábamos sobrevolando las montañas nevadas. ¿Dónde era?

–Probablemente fuera el Himalaya.

–Vaya –dijo Gracie, respirando profundamente. No puedo creer que haya pasado por encima del Everest.

–A lo mejor –Rocco se encogió de hombros. Abrió sus ojos adormilados.

Gracie se tumbó a su lado y lo miró.

–No tienes ni idea de lo afortunado que eres, ¿verdad? ¿Es tan fácil darlo todo por sentado?

Se levantó de la cama, consciente de su desnudez. Buscó su ropa con la mirada. De repente él la agarró de la muñeca y la hizo tumbarse de nuevo. Su mirada era hermética.

–No lo doy por sentado. Nunca.

De pronto Gracie recordó aquella noche de locura en la cocina... cuando él le había dicho que sabía lo que era ser un don nadie.

–Es que... No me parece que sea así. Tienes lo mejor. Esperas lo mejor y solo lo mejor.

–Porque puedo. Porque me lo he ganado. ¿Y a ti qué más te da?

Gracie lo miró fijamente y trató de descifrar la expresión de su rostro. Era tan hermético... Pero ella sabía que había algo más debajo de esa gruesa capa de superficialidad, debajo de ese deseo voraz de éxito...

Se hizo un silencio largo, enigmático. Gracie contuvo el aliento. Durante unos segundos estuvo segura de que Rocco iba a decir algo, pero entonces él deslizó una mano por detrás de su cuello y la atrajo hacia sí. Le dio un beso en la boca.

Después de unos segundos embriagadores, Gracie sintió que volvía a caer en un frenesí extático. Era como estar al borde de un enorme abismo, sin nada a lo que aferrarse. Tenía miedo de que Rocco pudiera ver cuánto poder tenía sobre ella.

Retrocedió y él sonrió. Con la mano dibujaba círculos sobre su espalda. Estaba obrando su magia, y ella le odiaba porque funcionaba.

Claramente él estaba evitando cualquier pregunta comprometedora.

Gracie se apartó con decisión.

–Voy a darme una ducha.

Se puso en pie y fue hacia el cuarto de baño, consciente en todo momento de los ojos de Rocco sobre su espalda, quemándole la piel.

En cuanto Gracie desapareció, la sonrisa se borró del rostro de Rocco. Volvió a acostarse en la cama. Todo su cuerpo estaba tenso, sus puños estaban cerrados. Se maldijo una y otra vez. Gracie sabía cómo poner el dedo en la llaga, y él no podía evitar arremeter contra ella. Había estado a punto de quitarle la mano cuando le había tocado ese viejo tatuaje. Era como si ella pudiera ver dentro de él, como si pudiera ver a través de su falsedad.

Rocco masculló un juramento. Él no se encaprichaba así de una mujer. La primera lección la había aprendido de su madre, que siempre había puesto por delante de su propio hijo al benefactor o al chulo de turno.

Después, durante la adolescencia, había aprendido que las chicas siempre se iban con los chicos que tenían las pistolas más grandes, lo más malos de todos. Y por último, sus dos hermanas habían pasado por delante en la calle sin siquiera dedicarle una mirada al joven que llamaba a su padre... Este, por su parte, le había escupido y le había tirado al suelo de un empujón.

Todo eso había quedado atrás tras su salida de Italia, pero Gracie, con sus ojos serios e inocentes, y el instinto protector hacia su hermano, estaba abriendo grietas en ese muro de contención que le separaba de su pasado. Estaba desenterrando una parte de su historia a la que no quería volver...

Sabía que no podía confiar en las lágrimas de una mujer, ni en una historia cualquiera sobre un sueño de la infancia... Y sin embargo, por primera vez en su vida, quería creer... Aunque solo fuera por un momento.

Capítulo 8

PARA quién es la ropa? –preguntó Gracie cuando salió del cuarto de baño por segunda vez, envuelta en una toalla. El sol estaba en lo más alto y se veía tierra debajo. Sintió un cosquilleo de emoción.

Rocco debía de haberse duchado en otro cuarto de baño, ya que estaba abrochándose una camisa limpia, con el pelo mojado. De pronto la miró.

–Son para ti.

Gracie se puso tensa.

–Pero yo tengo ropa.

–Necesitas ropa apropiada para ese clima. No tienes ni idea del calor que va a hacer. Además, tengo que asistir a unos cuantos eventos en Bangkok y en Nueva York, así que vas a necesitar ropa apropiada.

Gracie se mordió el labio y miró las bolsas con ojos serios.

–Me parece raro. No quiero que me vistas.

–No es para tanto –le dijo él con impaciencia–. Por suerte me di cuenta a tiempo.

Gracie sintió un latigazo de fuego que le corría por la espalda. Se puso las manos en las caderas.

–¿Oh?¿Tienes miedo de que te ponga en ridículo en público? A lo mejor no deberías haberte dado tanta prisa echando a tu novia la otra noche. A ella no tendrías que vestirla.

Gracie sabía que se había puesto pedante, pero no podía parar. La diferencia con las mujeres que solían rodear a Rocco era tan grande en ese momento. Claramente no estaba a la altura.

–¿Necesitas que te recuerde que el uniforme que me hiciste poner el otro día me quedaba pequeño? Pero si no te importa que me pasee por ahí con...

–¡Basta!

Gracie cerró la boca.

Rocco se acercó. Ella tragó en seco.

–Te lo digo una vez más, ella no era mi novia. Y la empresa que me envió el uniforme se equivocó de talla. Creo que estos vestidos te quedarán muy bien, y si no te los pones, te los pondré yo mismo.

Gracie levantó la barbilla.

–No me das miedo, ¿sabes?

Rocco tardó un poco en reaccionar, pero cuando lo hizo, se echó a reír a carcajadas. Volvió a mirarla. Sus ojos resplandecían, le cortaban la respiración.

–Lo sé. Créeme. Eres la única.

Un rato más tarde, vestida con las prendas exquisitas que Rocco le había comprado, Gracie estaba sentada de vuelta en su asiento, con el cinturón abrochado. El avión había iniciado el descenso a través de unos negros nubarrones, rumbo al aeropuerto de Bangkok.

De repente el aparato cayó un poco y Gracie se aferró al asiento, mirando a Rocco con cara de pánico.

–¿Qué ha sido eso?

–Turbulencias. Aquí están en la época de lluvias, así que va a haber tormentas. Pero la lluvia es cálida.

–¿Cálida?

Rocco extendió la mano.

–Ven aquí.

Ella se levantó de su asiento, más nerviosa de lo que quería admitir. Él se cambió de asiento para que ella se pudiera sentar a su lado, junto a la ventana.

–Pero no vas a ver nada –le dijo Gracie.

–Ya lo he visto antes –le dijo él, mirándola con ojos risueños–. Es tu primera vez.

Gracie miró por la ventana por fin. Acababan de atravesar las nubes y el paisaje más hermoso se extendía ante ellos.

–Es tan verde. ¡Nunca pensé que pudiera ser tan verde!

Rocco la rodeaba con los brazos.

–Es una mezcla de jungla y de arrozales. Es un país exuberante, sobre todo en la estación de lluvias.

Gracie sacudió la cabeza, maravillada, disfrutando de las vistas. Podía ver un templo en medio de un campo, y personas diminutas que caminaban a su alrededor.

–Es precioso.

–Pero todavía no has visto nada. No lo has visto bien.

–¿Habrá tiempo para...? Quiero decir... ¿Podremos ver algo?

Rocco sintió esa presión en el pecho que lo atenazaba cada vez que miraba esos ojos con reflejos dorados. Asintió.

–Claro. Podemos ir al Grand Palace, y ver muchas otras cosas más.

Sin saber muy bien lo que hacía, Gracie le dio un beso en la boca y entonces se apartó rápidamente antes de que él pudiera ver el golpe de emoción reflejado en su rostro.

Cuando llegaron al hotel Gracie salió del coche sin esperar a que el conductor le abriera la puerta. Se volvió hacia Rocco con una sonrisa en los labios.

–Me encanta este calor. Es como seguir en una ducha caliente después de cerrar el grifo. Y los olores son tan exóticos...

Rocco trató de no fijarse en cómo la seda de la camisa, húmeda, se le pegaba a los pechos, definiendo su firme silueta, los pezones duros. Apretando la mandíbula, la agarró del brazo y la condujo al hotel más exclusivo de Bangkok, uno perteneciente a la prestigiosa cadena de hoteles Wolfe... Además, él conocía al dueño, Sebastian Wolfe, personalmente. Al entrar en la habitación, Gracie miró a su alrededor, extasiada, sin palabras. Tocó los respaldos de las sillas, deslizó las yemas de los dedos sobre la superficie reluciente de las mesas... Abrió las puertas correderas y salió a la enorme terraza, que daba al río Chao Praya.

Rocco puso en el suelo el maletín del portátil y fue hacia ella. El mánager del hotel se había marchado ya, después de decirle que no dudara en llamarlo en cualquier momento del día en caso de necesitar algo. Sonrió. Sin duda, Sebastian debía de haberle dicho que le cuidara muy bien.

El dueño de los hoteles Wolfe se había casado recientemente con una india preciosa, y acababan de tener a su primer hijo. Sebastian le había mandado una foto de los tres juntos... Una imagen de familia feliz que Rocco no podía soportar. Ahuyentó esos pensamientos y frunció el ceño. ¿Dónde estaba Gracie?

De repente ella apareció por una esquina, donde un enorme bambú se mecía al viento.

–¡Hay piscina! Nuestra piscina privada.

Él sonrió y metió las manos en los bolsillos. No creía que fuera a ser capaz de tener las manos quietas, sin tocarla.

–Lo sé.

–Oh, claro. Habrás estado aquí muchas veces.

Rocco se dejó llevar y fue hacia ella. La rodeó con el brazo, la atrajo hacia sí y la hizo levantar la barbilla.

–No muchas... Pero sí unas cuantas. ¿Te gusta?

Gracie sonrió. Parecía avergonzada.

–¿Que si me gusta? ¿Estás de broma? Este lugar es como un paraíso. Nunca he visto nada parecido. La ciudad es... Extraordinaria, impresionante. Y este hotel es... otro mundo.

Rocco la atrajo hacia sí y habló sin pensar.

–Tú sí que eres extraordinaria.

Gracie se sonrojó. Escondió el rostro contra su pecho.

–No. No lo soy –levantó la vista–. Soy de lo más corriente, pero creo que eso es una novedad para ti.

El corazón de Rocco se encogió. Si ella hubiera sabido... Tomó una de sus manos y le dio un beso... Las palmas de sus manos habían empezado a suavizarse.

–Tengo que ver a unos clientes. ¿Por qué no te echas una siesta y te pones cómoda? No creo que vayas a tener mucho jet lag porque dormimos en el avión. Esta noche vamos a un evento, y mañana voy a tener reuniones todo el día.

Gracie asintió con la cabeza. Sabía que aquello le quedaba demasiado grande en muchos sentidos. Las palabras de Rocco retumbaron en su cabeza, especialmente una... Evento... Se mordió el labio.

–Lo de esta noche... ¿Es algo muy importante?

Rocco asintió, con un gesto serio en el rostro.

–Mucho. Y habrá un enorme bufé, así que será mejor que traigas una maleta para alimentar a tus vecinos necesitados.

Gracie tardó un segundo en darse cuenta de que se estaba riendo de ella.

–Bueno, ahora en serio, solo he estado en ese evento en Londres, así que... ¿Qué hago si la gente me habla?

–Pues les contestas –Rocco esbozó una sonrisa seca–. Aquella noche no tuviste ningún problema en hablar conmigo. Simplemente no des por sentado que todo el mundo es de seguridad –le dijo y se alejó.

De repente Gracie se sintió tremendamente ridícula.

–Te veo dentro de unas horas –añadió él, volviendo la cabeza justo antes de salir.

Esa noche Gracie se miró por última vez. Rocco la esperaba fuera, en uno de los salones de la suite. Cada uno tenía su propio cuarto de baño y vestidor. Todavía no daba crédito ante tanta opulencia. Todo era de maderas nobles... La iluminación sutil y exquisita... Sábanas de seda...

En la suite el aire acondicionado estaba bastante

alto y al salir fuera la sensación era como entrar en un horno caliente.

Gracie respiró hondo. El vestido que llevaba resplandecía en diversos tonos de rojo y naranja. Se miró las sandalias, también rojas, dio media vuelta y agarró su bolsito de fiesta, de color dorado. Caminando despacio, salió al pasillo. Rocco la esperaba junto a las puertas correderas. Tenía las manos en los bolsillos y su espalda parecía más ancha que nunca con aquel traje negro.

Durante una fracción de segundo, Gracie sintió ganas de salir corriendo. Pero en ese preciso momento, él se dio la vuelta. Debía de haberla oído.

La miró de arriba abajo.

–¿Bien? No sabía qué sería apropiado.

–Es perfecto.

Fue hacia ella. Sacó las manos de los bolsillos. Gracie casi tropezó al verle acercarse. Estaba parada junto a una mesa. Él agarró una cajita en la que no se había fijado. La abrió y se la ofreció.

Gracie bajó la vista y se encontró con un magnífico collar de diamantes con unos pendientes a juego en forma de lágrima.

–¿Qué es esto?

–Joyas, para que las lleves –le dijo él, frunciendo el ceño.

Ella sacudió la cabeza y se apartó un poco.

–Es demasiado, Rocco. No puedo ponerme eso. Tienen que costar una fortuna.

Una sombra oscura pareció pasar por el rostro de Rocco.

–Son de la tienda del hotel. Hay que devolverlas por la mañana.

Ella le miró con ojos de sospecha.

–¿Solo son para esta noche?

Él asintió. Sus ojos eran un enigma.

–Si quieres.

Gracie volvió a mirar las joyas.

–Muy bien. Me las pondré.

Rocco sacó el collar y se lo puso con manos expertas. Después le dio los pendientes. Gracie se los puso con manos temblorosas. El collar era frío y pesado.

–¿Vamos? –le dijo Rocco, dándole el brazo.

Ella asintió y se agarró de él.

Fueron al lugar del evento en la misma limusina que los había recogido en el aeropuerto. Cuando bajaron del coche, Gracie agradeció el manto de aire caliente. Rocco la llevaba hacia un edificio de madera maravillosamente decorado. Todo era tan glorioso y exótico... Nunca había visto nada parecido. Gracie se dejó seducir por los olores y las vistas... Los peculiares fonemas del idioma tailandés...

El edificio era un espacio abierto por todos los lados, rodeado de exuberantes jardines. Los árboles estaban iluminados con pequeñas bombillas que les daban un aire mágico. La lluvia había cesado, y las estrellas iluminaban el firmamento. Las hermosas tailandesas se movían entre la multitud con sus faldas largas, sirviendo bebidas y comida.

Gracie rechazó una copa de champán. Rocco le dio un vaso de agua.

–¿No bebes?

Gracie hizo una mueca y evitó su mirada.

–Mi madre era alcohólica, y mi abuela. Nunca he probado el alcohol.

Él se la quedó mirando durante unos segundos. Ella lo miró un instante y entonces apartó la vista. No podía creer lo que acababa de decirle.

–Las mujeres son tan pequeñas. Me siento como un elefante a su lado –le dijo, tratando de cambiar de tema.

Rocco le agarró la mano que tenía libre y se la llevó a la boca. Gracie levantó la vista y contuvo la respiración al sentir sus labios sobre la palma de la mano.

–No pareces un elefante. Estás radiante.

–Gr... Gracias –dijo Gracie, tartamudeando.

No podía creerse dónde estaba, con ese vestido, con Rocco de Marco. Era como si la fantasía con la que llevaba tiempo deleitándose se hubiera hecho realidad de la noche a la mañana. Era demasiado.

Rocco la condujo hacia la multitud, adentrándose en ella. En los jardines había mesas elegantes con velas que parpadeaban con la brisa.

De repente un hombre se les acercó. Le dio una palmada en la espalda a Rocco. Y ese fue el comienzo de una larga velada durante la que mucha gente se acercó a Rocco y le habló de cosas que Gracie nunca había oído, cosas que no podía entender, cosas como las fuerzas de mercado, tendencias... Pero tampoco le importaba. Siempre le había gustado escuchar a la gente.

–¿Te aburres?

Gracie levantó la vista, sorprendida. Otro hombre acababa de marcharse de su lado.

–¡No! ¿Por qué? ¿Pensaste que sí?

–No –dijo él–. Pero estás muy callada, y eso me puso nervioso.

Ella se encogió de hombros.

–No tengo ni idea de qué estás hablando la mayor parte del tiempo –sonrió–. Pensaba que eso sería un alivio para ti.

Rocco reprimió una sonrisa.

–Aunque pueda parecer extraño, no estoy tan aliviado como esperaba –la miró de frente por fin–. Esa carpeta que llevas en la maleta, con los dibujos, y el texto... ¿Qué es?

Gracie se sonrojó. El corazón se le encogió.

–Debería haber sabido que habías mirado eso también. ¿Esperabas encontrar un plan de ataque para robar un banco, o algo así? –apartó la vista, pero Rocco le agarró la barbilla con las yemas de los dedos. Parecía incómodo.

–Puede que haya sospechado algo antes, pero ahora ya no lo sé...

Algo se agitó en el interior de Gracie. Respiró hondo y aprovechó esta pequeña brecha de confianza que se había abierto momentáneamente.

–Estudié arte. Algún día quiero escribir libros para niños. Solo son unos dibujos y algunas ideas. Nada especial.

–A mí me parecieron muy buenos.

–¿En serio? –le preguntó Gracie, mirándole con curiosidad.

Él asintió. El corazón de Gracie dio un salto.

–¿Y qué te hizo querer escribir libros para niños?

Gracie jugueteaba con su bolso de fiesta. Nunca se lo había dicho a nadie y se sentía expuesta, descubierta...

–Nunca fui buena alumna en el colegio... No como... –se detuvo antes de decir el nombre de su hermano–. No como la mayoría de los chicos. Siempre me gustó la lectura; verme transportada a otro mundo –se encogió de hombros, sintiéndose estúpida. Evitó la mirada aguda de Rocco–. Bueno, pensé que quizá yo podría hacer eso algún día, escribir libros –bajó la vista.

Rocco la miró unos segundos, en silencio. Su cabello resplandecía como una bola de fuego.

Ella levantó la mirada, miró sus labios, sus ojos negros, que la atravesaban con una expresión intensa.

–No me mires así.

–¿O qué? –le preguntó ella, sintiendo una repentina y extraña confianza en sí misma.

–O te saco de aquí ahora mismo y hago algo al respecto.

Gracie levantó la mirada, sintiéndose atrevida.

–Yo no voy a detenerte.

Rocco la tomó de la mano y se la llevó a través de la multitud. Unos minutos más tarde, estaban en la parte de atrás del coche, con la persiana cerrada.

Gracie se entregó a los brazos de Rocco, buscando sus labios con desesperación.

Un rato más tarde, cuando entraron en el ascensor, de vuelta al hotel, Rocco vio la cara de Gracie reflejada en la superficie de acero. Estaba roja, avergonzada.

Le había hecho detenerse un instante al bajar del vehículo.

–Lo van a saber... –le había dicho en un susurro.

Tenía el pelo suelto y alborotado, los labios hinchados; sujetaba su mano con fuerza. Casi había sentido ganas de meterla de nuevo en el coche y de hacerle el amor otra vez.

De repente sintió preocupación por ella... Algo poco habitual en él. ¿Qué le estaba pasando? Él no le hacía el amor a mujeres en la parte de atrás de un coche, ni tampoco se iba de un evento antes de tiempo por ir detrás de una mujer...

Cuando llegaron a la suite Gracie se soltó y fue a quitarse el collar automáticamente.

–¿Qué haces?

–Quiero quitármelo.

Rocco sintió una presión en el pecho. A lo mejor él no era el único al que le temblaba la tierra bajo los pies. Dio un paso adelante, le quitó el collar, y ella le entregó los pendientes.

–Deberíamos meterlos en la caja fuerte o algo –le dijo, mirando a su alrededor, todavía evitando su mirada.

Rocco suspiró con impaciencia, pero buscó la caja y puso las joyas dentro. Al volver al salón se quitó la pajarita y la chaqueta. Gracie había desaparecido, pero las puertas correderas estaban abiertas. Salió. Ella estaba parada al borde de la piscina, descalza. Su vestido brillaba contra el cielo nocturno, su piel resplandecía como el nácar.

Rocco sintió que caía, caía...

Gracie oyó los pasos de Rocco a sus espaldas. Y por fin sintió algo de control. Mientras caminaban por el vestíbulo del hotel, se había sentido como si todo el mundo pudiera ver la vergüenza reflejada en su rostro. ¿Cómo se había convertido en esa mujer atrevida que había seducido a Rocco y le había convencido para hacer el amor en un coche?

Él estaba a su lado. Le miró de lado, sintiéndose repentinamente tímida. Él estaba contemplando el agua.

Ella se preguntó si él también se sentía desbordado por esa intensidad de sentimiento. No. No podía ser. Rocco de Marco no se sentía abrumado por nada. Habló para romper el tenso silencio.

–El aire parece muy denso, húmedo.

Rocco levantó la vista hacia el cielo.

–Se avecina tormenta. La lluvia va a empezar a caer en cualquier momento.

Gracie levantó la vista y vio nubes que amenazaban con descargar un aluvión de agua. A lo lejos se oían truenos.

–¿De verdad es cálida la lluvia cuando cae?

–Sí.

Gracie respiró hondo y se volvió hacia él.

–¿Qué pasó? Cuando estábamos en la fiesta, en el coche... Me asusta un poco. La forma en la que perdemos el control.

El aire se quedó estático un instante. Se oyó otro trueno.

–¿Qué quieres decir? –le preguntó él con sumo cuidado, sin mirarla.

Gracie se encogió de hombros y se volvió hacia la piscina nuevamente. Bajó la vista.

–No sé... Yo solo... Quiero que sepas que... Nunca he sentido algo así.

Le sintió volverse hacia ella y levantó la vista. Parecía molesto.

–¿Crees que esto es normal para mí? ¿Este... deseo delirante?

Gracie sintió una punzada de dolor.

–No creo que sea delirante. Es solo que... Parece que no somos capaces de controlarlo del todo.

–Eso sí lo has entendido bien –le dijo él, pensativo. Apartó la mirada.

De repente fue como si dos piezas encajaran de pronto, y Gracie sintió que acababa de toparse con una parte fundamental de Rocco de Marco. Podía sentir el desenfreno que él se empeñaba en negar; podía sentir lo mucho que odiaba no ser capaz de controlarlo todo. Ella también sentía esa preocupación, pero él estaba realmente furioso consigo mismo por ello.

Solo tenía que recordar la fría belleza de Honora Winthrop para saber a quién preferiría al final. Ella solo era un capricho con el que estaba dando rienda suelta a su lado más salvaje y oscuro.

Volvió a mirar la calmada superficie del agua, sintiendo la tensión de Rocco a su lado. Se apartó del borde de la piscina.

–Gracie... –dijo Rocco, vacilante.

Ella echó a correr y se tiró al agua, cortándola como una sirena y zambulléndose de golpe. Su vestido de fiesta emitía un millar de reflejos multicolores que se amplificaban bajo la superficie del agua, deslizándose hacia el otro extremo de la piscina.

Capítulo 9

ROCCO se quedó mirando a Gracie, sorprendido. La rabia que sentía se desvaneció. Algo distinto crecía en su interior... Era un sentimiento de euforia; la clase de euforia que solamente había sentido una vez en el pasado... cuando había visto la cara de horror de su padre al enterarse de que su hijo bastardo le había superado en riqueza.

Gracie emergió, al otro lado de la piscina. Su vestido era una cascada de colores resplandecientes a su alrededor. Parecía una ninfa, libre, salvaje...

Rocco sintió las primeras gotas de lluvia sobre la cara al tiempo que se quitaba los zapatos y los calcetines. Se sumergió con destreza y cruzó la piscina en la mitad de tiempo que Gracie. Le agarró las piernas por debajo del agua y tiró de ella. Le dio un beso.

Cuando emergieron juntos unos segundos más tarde, Gracie se apartó de inmediato y respiró profundamente. La lluvia era torrencial... Echó la cabeza atrás y se echó a reír. Tenía los brazos alrededor del cuello de Rocco, y él la sujetaba de la cintura.

Lo miró...

–¡La lluvia es caliente!

–¿Por qué no crees nada de lo que digo? –dijo Rocco y la besó de nuevo.

La acorraló contra el borde de la piscina y empezó a quitarle el vestido... Gracie temblaba de expectación... Aunque la lluvia estuviera a la misma temperatura que el agua, la piel se le puso de gallina. Le bajó el vestido por los brazos, hasta la cintura, descubriéndole los pechos, los pezones duros... Se inclinó sobre ella para besarlos. Gracie reparó en su espalda. Tenía la camisa empapada y se le pegaba a la piel, transparentándose. Su piel bronceada resplandecía.

Él la besaba sin tregua. Gracie se inclinó contra el borde de la piscina. La lluvia caía sobre su rostro, acariciándola. La sensualidad del momento era embriagadora. El ruido de la populosa ciudad les llegaba desde las calles, abajo, muy lejos. Gracie apoyó los brazos sobre el borde y se arqueó hacia Rocco aún más. Sintió cómo le quitaba el vestido por las caderas. Podía verlo alejarse sobre el fondo de la piscina, como un charco de colores brillantes. Las manos de Rocco fueron a parar a sus braguitas a continuación. Empezó a presionarle el clítoris y entonces introdujo un dedo entre sus labios más íntimos. Gracie se apretó contra él. Le abrió la camisa de cuajo. Él la ayudó a quitársela y entonces le bajó las braguitas. Ella ya estaba completamente desnuda, pero Rocco todavía llevaba sus pantalones. Metió una mano entre sus piernas y empezó a besarle el pecho. Una lluvia cálida caía sobre ellos. Llovía sobre mojado.

–Rocco –dijo ella de repente, cuando él metió dos dedos dentro de ella, masajeándola adelante y atrás–. Necesito más. Te necesito a ti.

Él echó atrás la cabeza, se detuvo. Todavía seguía dentro de ella, podía sentir su humedad en las yemas de los dedos. Con un movimiento rápido la sacó de la piscina y la sentó en el borde. Después salió del agua, la tomó en brazos y la acostó en una tumbona que estaba cerca. Le dio un beso rápido, murmuró algo y fue a la habitación un momento para buscar un preservativo. Regresó de inmediato. Gracie contempló su rostro anguloso y perfecto. Los ojos le brillaban... Sujetó el sobre del preservativo entre los dientes un momento y se quitó los pantalones y los calzoncillos rápidamente. Abrió el paquete sin perder tiempo, se protegió y volvió junto a Gracie.

–Quiero probar tu sabor, pero esto lo necesito desesperadamente –añadió, poniéndose entre sus piernas.

–¿Qué...? Ooooh –Gracie gimió al sentir cómo entraba dentro de ella.

Abandonó todo intento de hablar o pensar y enroscó las piernas alrededor de las caderas de Rocco, urgiéndole a entrar más y más adentro, hasta que ambos alcanzaron el clímax más sublime bajo un cielo encapotado y una lluvia torrencial.

Se quedaron inmóviles durante un buen rato. Rocco seguía dentro de ella. Temblores sutiles la sacudían cada pocos segundos. Finalmente, Rocco empezó a moverse, apoyándose en los brazos. Se soltó de ella y se incorporó.

–Voy a darme una ducha. ¿Quieres venir conmigo?

Gracie sacudió la cabeza. Necesitaba un poco de espacio.

–Creo que me quedo aquí un rato.

Él se encogió de hombros.

–Como quieras –dijo él y volvió dentro.

Gracie le siguió con la mirada hasta que entró en la habitación. Miró a su alrededor. Los restos de la batalla amorosa estaban por todas partes... Era una locura, delirante... Él tenía razón. Oyó un ruido y le vio regresar. Se había puesto otra toalla alrededor de la cintura y se estaba secando el pelo con otra. Gracie volvió a sentirse expuesta...

–¿Has disfrutado de tu ducha?

Él asintió y entonces sonrió con picardía.

–Habría sido mucho mejor si me hubieras acompañado.

Fue a sentarse junto a ella. Su aroma a limpio la envolvió como un manto. De repente se sintió sucia, recordando esa explosión de pasión que los había consumido un rato antes.

Apartó la vista, nerviosa.

–Qué bien se está aquí.

–No puedes quedarte aquí toda la noche.

Ella se encogió de hombros.

–Para serte sincero, la suite... el hotel... Todo es un poco intimidante... Me da la sensación de que lo estoy ensuciando todo con mi presencia.

–Eso es una locura... ¿De qué estás hablando?

Ella lo miró de reojo y apartó la vista rápidamente.

–Es como si no debiera estar aquí. Cuando tenía nueve años, una de nuestras madres de acogida nos llevó a Steven y a mí a ver un caserón antiguo –Gracie sonrió–. Ella era una de las buenas... Era una mansión centenaria. Tuvimos que tomar un tren en Londres... Tenía unas habitaciones enormes... Impresionantes, llenas de antigüedades, cuadros. Un rato después de llegar, me perdí. El grupo había seguido adelante, pero no podía encontrarles. Entré en una habitación llena de muñecas de porcelana diminutas.

Gracie hizo una mueca, recordando el momento.

–Evidentemente, los dueños de la casa tenían una colección. Yo estaba fascinada y me fijé en una muñeca en concreto. De repente sentí una mano sobre el hombro. Me asusté tanto que dejé caer la figurita. Había una mujer... gritando, diciendo que yo era una ladrona, que me fuera de allí –se estremeció–. Tenía tanto miedo que eché a correr y al final encontré al grupo. Pasé mucho tiempo pensando que en cualquier momento volvería a sentir esa mano sobre el hombro.

Gracie sintió una vergüenza repentina. ¿Por qué le estaba contando esa historia? Rocco se limitó a mirarla. Su rostro estaba medio escondido en la penumbra.

Ella se encogió de hombros nuevamente.

–Antes, cuando entramos, y también durante el evento, me sentí como si esa mano pudiera aterrizar sobre mi hombro en cualquier momento. Me sentí como si cualquiera estuviera a punto de preguntarme cómo había entrado.

–Tienes el mismo derecho que cualquier otro a estar en estos sitios.

Gracie sonrió a medias.

–Bueno, en realidad no. Pero te agradezco que me digas eso.

Rocco se levantó, con la mano extendida, como si estuviera a punto de irse, a punto de llevársela con él. Gracie también se incorporó, a punto de tomarlo de la mano... pero entonces se detuvo... Su expresión hermética la hizo sentir algo desesperado, una necesidad imperiosa de que él la entendiera...

–Espera. Quiero decirte algo.

Rocco dejó caer la mano.

–Gracie, no tienes por qué contarme estas historias.

–No son historias. Y sí que necesito contártelas –dijo, sin darle tiempo a protestar–. Steven... mi hermano... somos mellizos –hizo una mueca–. No somos idénticos. Claro. Yo soy la mayor por veinte minutos. Él estuvo a punto de morir. Cuando éramos pequeños, era muy enclenque y tenía unas gafas con cristales muy gruesos. Me acostumbré pronto a defenderle de los matones del colegio. Él nunca pudo hacer frente a esas cosas, pero yo sí. Nunca volvió a ser el mismo después de que nuestra madre nos abandonara... –la voz de Gracie temblaba de dolor–. Era demasiado listo, demasiado callado. Siempre fue el objetivo perfecto. A lo mejor resulta difícil de creer, pero él nunca quiso esa vida... ser pandillero, meterse en las drogas...

–¿Y entonces por qué lo hizo? –le preguntó Rocco, tratando de no sonar irónico.

Gracie sintió vergüenza, pero se mantuvo firme.

–Le daban unas palizas tremendas... Un día le pegaron tan fuerte que terminó en el hospital. Le dejaron muy mal. Era más fácil ceder que plantarles cara. Yo hice todo lo que pude, pero no fue bastante. Teníamos catorce años. En pocos meses estaba enganchado al alcohol. Las drogas no tardaron en llegar. Dejó el colegio. Se rindió.

–¿Y tú lo sigues defendiendo incluso ahora?

Una vez más, Rocco habló en ese tono altivo y sarcástico. Gracie lo miró fijamente. ¿Cómo iba a explicarle los lazos que la unían sin remedio a su hermano?

Asintió con la cabeza lentamente.

–Sí. Le defiendo. Y lo defenderé siempre. Al igual que él me defendió a mí.

Rocco frunció el ceño, impaciente.

–¿Qué quieres decir? ¿Defenderte de qué?

Gracie sabía que sus palabras no iban a ninguna parte, pero ya no podía parar.

–Había una casa de acogida en la que pudimos quedarnos juntos –respiró hondo–. Había un hombre en la casa. Solía mirarme de una forma rara, y me tocaba cuando no había nadie. Al principio no fue nada serio, una palmadita en el trasero o un pellizco en el brazo. Pero una noche vino a mi habitación cuando su mujer no estaba. Se sentó en mi cama y empezó a contarme lo que quería hacer conmigo. Steven estaba en la habitación contigua, con otro chico. Yo estaba sola. Tenía tanto miedo que no podía moverme ni hablar. Justo cuando el hombre estaba a punto de meterse en la cama conmigo, entró Steven. No dijo nada. Simplemente esperó a que el hombre se levantara y se fuera. Y a partir de ese momento, hasta el día en que nos fuimos de la casa, durmió conmigo. Nunca me dejó sola, ni una vez.

Rocco contempló el rostro pálido de Gracie. Sus palabras eran como bombas que detonaban en su cabeza, en su cuerpo. Quería volverse loco, tirar los muebles por la terraza, romper cosas. Quería estrecharla entre sus brazos y no dejarla marchar nunca más. Temblaba con solo pensarlo. Las emociones estaban a flor de piel, le atenazaban...

Haciendo un gran esfuerzo, retrocedió. Se alejó de Gracie y de esos enormes ojos.

Oyó las palabras... pero no fue realmente consciente de ellas.

–Esto no cambia nada. Todas las evidencias demuestran que no ha cambiado en absoluto. No pongas a prueba mi paciencia contándome esas historias.

Dio media vuelta y volvió a entrar en la suite, sintiéndose como si su cuerpo se estuviera rompiendo en mil pedazos.

Gracie miró a Rocco, alejándose... Se sintió rechazada, dolida... De repente entendió por qué le había contado mucho más de lo que le había contado a nadie jamás. Ni siquiera Steven se había atrevido a mencionar lo que había estado a punto de ocurrir aquella noche, pero ella acababa de contárselo a Rocco como si no le costara ningún esfuerzo en absoluto. Sin embargo, sí que le costaba... porque sabía lo que subyacía a ese deseo destructivo y a esas ganas de exponerse ante él, sin importar las consecuencias.

Se estaba enamorando de él...

Rocco no se sorprendió al ver que no era capaz de dormir. Llevaba más de una hora dando vueltas en la cama. Se incorporó y masculló un juramento. Salió al patio. Podía ver su silueta sobre una tumbona, bajo la luz de la luna.

Caminó hasta ella y vio que su ropa estaba perfectamente doblada y apilada. Su vestido de gala era un charco de color y luz sobre el suelo. La miró, preparándose para ese efecto inevitable.

Estaba relajada... El pelo alrededor del rostro... Más rojo que nunca contra el forro color crema de la tumbona. Estaba hecha un ovillo, la postura que más le gustaba. Su hermano la había protegido en aquella ocasión y, por alguna extraña razón, sentía celos incluso de eso.

Quería dar media vuelta y alejarse, pero no lo hizo. Se inclinó, la tomó en brazos... Ella se despertó y se apoyó contra él, resistiéndose.

–Espera... –su voz sonaba adormilada y sexy.

Rocco ya estaba respondiendo. Apretó la mandíbula.

–Basta. Tú me lo has dejado todo claro y yo también a ti.

Volvió a dejarla sobre la tumbona, miró esos ojos tan expresivos y entonces volvió a tener esa sensación...

–No quería ser tan brusco –sacudió la cabeza y ahuyentó ese sentimiento que ya empezaba a ablandarle–. No tienes que decirme nada, Gracie. La situación no ha cambiado con respecto a tu hermano.

Ella le puso las manos sobre el pecho. Su voz sonaba ronca, llena de emoción.

–¿Me estás diciendo que no quieres que te diga nada porque no te interesa?

Rocco sintió que la ternura volvía... acompañada de un deseo de reconfortarla... Reprimió el impulso con dureza... Nunca se había sentido tan cruel, pero tenía que permanecer inmune al influjo de Gracie.

–El motivo por el que tu hermano hizo lo que hizo me trae sin cuidado. A mí me gustan las cosas concretas, pero él me robó dinero. Tú, en cambio, me importas bastante más ahora, así que no quiero hablar de tu hermano o de tu pasado. ¿Trato hecho?

Gracie ya estaba completamente despierta. Podía sentir la presencia de Rocco, absorbiéndola, engulléndola. Quería oírla decir que sí... desesperadamente. Podía sentirlo. Pero incluso en ese momento, a pesar del dolor del rechazo, era capaz de engañarse a sí misma pensando que veía algo profundo en su mirada, algo tierno, vulnerable. Le deseaba de una forma que la hacía sentir vergüenza de sí misma... Hubiera querido pagarle con la misma moneda, darle donde más le dolería, pero sabía que no podía hacerlo.

–Trato hecho –le dijo finalmente, odiándose a sí misma.

Rocco guardó silencio; su rostro serio e imperturbable. La tomó en brazos y la llevó de vuelta al dormitorio.

Aterrizar en Nueva York dos días más tarde fue una experiencia totalmente distinta de aterrizar en Bangkok. A sus pies se extendía un mar de edificios grises que se perdían en el horizonte. Rocco estaba trabajando, sentado al otro lado del pasillo. Examinaba unos papeles con el ceño fruncido.

Gracie volvió a mirar por la ventana. El trato se había convertido en una tregua sin que ninguno de los dos dijera nada. Solo hablaban de temas neutrales... Él la había llevado a conocer el Grand Palace de Bangkok, los mercados flotantes... La hizo montar en Tuk-Tuk...

–¿En qué piensas?

Gracie se sobresaltó. Miró a Rocco. El corazón le dio un vuelco. No quería recordar que se estaba enamorando de él. Era demasiado peligroso. Si no pensaba en ello, el sentimiento podía desaparecer... quizás... Forzó una sonrisa.

–Solo pensaba que la última mujer a la que llevaste a Bangkok no debió de disfrutar tanto del viaje en Tuk-Tuk.

Rocco guardó silencio un momento.

–Nunca he traído a nadie a Bangkok –dijo, en un tono casi de sorpresa.

El corazón de Gracie se hinchó peligrosamente.

–Bueno, pero seguro que las has llevado a Nueva York.

Rocco le clavó la mirada, como si le estuviera lanzando una advertencia. Se estaba adentrando en terreno peligroso.

–Sí. Claro que he llevado a Nueva York a algunas mujeres. Suelo venir aquí con mucha más frecuencia –volvió a concentrarse en sus papeles.

Llevaba más de una hora fingiendo estar ocupado con esos documentos, pero en realidad no había hecho más que seguir todos y cada uno de sus movimientos. Casi se echó a reír al imaginarse a alguna de sus antiguas novias subiéndose a un *rickshaw* motorizado. No lo habrían hecho ni aunque les hubiera pagado...

Miró por la ventanilla. El horizonte de Nueva York se acercaba cada vez más... Allí se sentiría más seguro en compañía de Gracie... Y la mantendría a raya, aunque eso le matara por dentro.

Ya en el coche, de camino a la ciudad, Gracie notó la distancia de Rocco. Estaba más seco y formal que nunca... Pero decidió no dejar que eso la afectara. Se volvió hacia la ventanilla y se dedicó a contemplar los icónicos rascacielos... Cruzó uno de los muchos puentes que conducían a Manhattan. A medida que se adentraban en la isla, los taxis amarillos empezaron a abundar por todas partes. Los nombres de diseñadores famosos parpadeaban y rutilaban en la Quinta Avenida. Y entonces, de repente, empezó a divisar los árboles de Central Park. Con el parque a la derecha, el coche se detuvo frente a un edificio de estilo Art Deco con un enorme toldo en la entrada.

Un portero sonriente ayudó a Gracie a bajar del coche. El calor del verano la golpeó de inmediato. Era totalmente distinto del calor de Tailandia, pero igual de intenso.

–Bienvenido, señor De Marco. ¡Cuánto tiempo!

Atravesaron el vestíbulo refrigerado y se dirigieron hacia los ascensores, donde esperaba el conserje con las puertas abiertas. Fueron directamente al apartamento del ático.

Gracie creía haberlo visto todo, pero se había equivocado. Estaban en otro nivel de lujo y opulencia. Todo era de color dorado y crema... Las alfombras eran tan mullidas que se podía dormir sobre ellas. Óleos en las paredes... Rocco tenía buen gusto para combinar lo moderno con lo antiguo.

Abrió las puertas que daban a la terraza y Gracie fue tras él. Salieron a una enorme terraza que parecía abarcar toda la longitud del edificio, con macetas y arreglos florales.

Rocco estaba de pie con las manos en las caderas, observándola.

–¿Dónde está la piscina? –le preguntó ella, bromeando.

Él hizo un gesto con la cabeza.

–Abajo. En el gimnasio.

–Oh.

–Qué bonito. Se ve hasta el parque –añadió de forma redundante.

Abrumada, se acercó al muro de la terraza y admiró uno de los parques más famosos del mundo. La gente caminaba por las calles, tan pequeñas como hormigas. En medio del parque podía ver un espacio abierto y verde, y un lago.

–Me sorprende que no vivas en el rascacielos más alto, para llegar a ver más lejos aún –le dijo, sin mirarlo.

Él apretó la mandíbula.

–Sí, pero el Upper East Side es la mejor zona.

Gracie se volvió hacia él justo a tiempo para verle mirar el reloj.

–Mira, ahora tengo que salir. Tengo reuniones todo el día.

Ella sintió un gran alivio. Necesitaba tomarse un respiro.

–Muy bien... Voy a... acomodarme –le dijo, asintiendo con la cabeza.

Rocco sacó algo de su cartera y se lo dio.

–Toma esto. ¿Por qué no te vas de compras?

Gracie tomó la tarjeta de crédito negra de forma automática y se quedó mirándola un momento.

Rocco estaba sacando algo más de su billetera, poniéndolo sobre la mesa.

–Necesitarás efectivo para el taxi. Le diré a Ruben que te dé un mapa y algunas direcciones. Tenemos que asistir a un evento esta noche, así que te veo a eso de las seis, ¿de acuerdo?

Gracie miró a Rocco y sintió su impaciencia.

–Muy bien. Te veo luego –le dijo.

Hubo un momento en que le pareció que él iba a decir algo, pero entonces dio media vuelta y salió del apartamento. Unos segundos después apareció una mujer. Se secó las manos en un delantal y se presentó como el ama de llaves del señor De Marco, Consuela.

Gracie sacudió la cabeza. Era evidente que la mujer era fan de su jefe. Insistió en enseñarle los cuatro dormitorios, los dos salones, la salita de estar, el comedor, el gimnasio, la piscina, la sauna, la enorme cocina... Gracie casi se mareó de ver tanta maravilla.

Con la cabeza dando vueltas, se despidió de Consuela y se dispuso a deshacer la maleta. Quería pensar en Rocco lo menos posible, así que tenía que buscarse algo que hacer. A lo mejor podía buscar un cibercafé y ver si tenía algún correo de Steven...

A la hora de comer, Rocco regresó al apartamento. Consuela le dijo que Gracie había salido un par de horas antes.

Fue al dormitorio, pero no había ninguna nota. Masculló un juramento. ¿Por qué no le había dejado una nota?

Justo antes de salir por la puerta, reparó en algo que estaba encima de la cómoda. Era la tarjeta de crédito, y el dinero que le había dejado. Solo faltaban veinte dólares. Rocco se rio. ¿Cómo había dado por sentado que ella se iría directamente a las boutiques de lujo de la Quinta Avenida? Agarró la tarjeta, se maldijo una vez más por haber ido a verla a la hora de comer y regresó al coche.

Y fue entonces, de camino al centro una vez más, cuando se dio cuenta de que la había dejado marchar. Había confiado ciegamente en ella y eso lo ponía muy nervioso...

No fue capaz de concentrarse en nada durante toda la tarde, y no se quedó tranquilo hasta que el conserje le confirmó que ella había regresado al apartamento. El alivio era más que bienvenido, pero revelaba una debilidad que no podía permitirse...

Capítulo 10

CUANDO Gracie volvió un poco más tarde, estaba agotada, pero feliz. Se miró en el espejo del vestíbulo, hizo una mueca al ver su cara sudada y dejó el bolso. No estaba feliz. No exactamente. Habría sido feliz si hubiera tenido a Rocco a su lado para compartir la sensación de subir a lo más alto del Empire State; habría sido más feliz si no hubiera tenido que tomarse un sándwich sola en Central Park. Se mordió el labio inferior... Y habría sido más feliz si hubiera recibido un correo electrónico de Steven, pero no había nada esperándola en la bandeja de entrada. Le había enviado un correo de todas formas. Todavía no había perdido la esperanza.

Suspirando, salió a la terraza para volver a admirar la hermosa vista de Central Park desde lo alto del edificio.

–No te llevaste la tarjeta.

Gracie se dio la vuelta de golpe. Rocco estaba apoyado contra el marco de la puerta. Era como si le hubiera llamado con sus pensamientos.

–Me has asustado. No te oí llegar.

Él fue hacia ella. Había algo peligroso en sus ojos. Gracie se echó atrás, hacia la pared.

–No. No me llevé la tarjeta –dijo, tragando en

seco–. ¿Por qué iba a hacerlo? No necesito nada. Ya me has comprado suficiente ropa como para hacer una docena de viajes al extranjero.

La acorraló apoyando las manos en la pared, a ambos lados de su cabeza. Gracie trató de no dejarse arrollar por su aroma, por su presencia.

–No lo entiendes, ¿verdad? –le preguntó él. Parecía molesto–. Se supone que eso es lo que tienes que hacer, así que dime qué hiciste en cambio.

Una llamarada de furia creció en el interior de Gracie.

–Para tu información, me llevé veinte dólares y me fui al centro. Y allí saqué algo de dinero de mi propia cuenta. Después hice una cola de dos horas y fui hasta lo más alto del Empire State. Después, regresé al parque andando, me compré un sándwich y me lo comí. ¿Te parece bien así? –Gracie se sentía culpable por no haber mencionado lo del cibercafé, pero Rocco parecía demasiado tenso como para decirle algo de Steven.

–No. Maldita sea. No me parece bien así.

Rocco bajó la cabeza y la agarró de los brazos. Le dio un beso duro y exigente. Gracie trató de resistirse, pero fue inútil. No tenía por qué pagarla con ella porque era distinta a las otras. Pero él era imparable, y no podía resistirse. Fuego con fuego...

Enredó los dedos en su pelo y se inclinó adelante, comprimiendo sus caderas contra las de él. Por lo menos eso era lo único sincero entre ellos, algo que trascendía el pensamiento, la razón, algo que los reducía a los instintos más básicos. La frágil tregua que se habían dado se había roto.

La tomó en brazos... Gracie no puedo evitar besarle por toda la mandíbula, el cuello... Ya le estaba abriendo la camisa, aflojándole la corbata... Cuando llegaron al dormitorio, Rocco la puso sobre la cama, se quitó la chaqueta y la corbata, y se abrió la camisa. Gracie se quitó el top que llevaba por la cabeza y se bajó los shorts... se quitó las sandalias de una patada.

Cuando estaba gloriosamente desnudo, se recostó a su lado, pero ella se limitó a mirarlo durante un rato. Le acarició la mejilla, ligeramente áspera con la barba de un día.

–Hoy te eché de menos –le susurró.

Rocco se limitó a mirarla. Algo brilló en sus ojos y entonces se oscurecieron.

–No digas eso. No quiero oírlo.

–Bueno, qué pena –dijo ella–. Porque sí que te eché de menos y acabo de decirlo de nuevo.

Rocco se puso sobre ella y la hizo callar con un beso, deslizando las manos sobre ella, quitándole el sujetador, las braguitas... Y entonces le hizo el amor hasta hacerla gritar su nombre una y otra vez...

–¿Y quién es tu acompañante?

Gracie esbozó una sonrisa tensa para la mujer de aspecto anémico. Llevaba el pelo recogido en un enorme moño alrededor de la cabeza, tan grande, que Gracie temía que saliera ardiendo si se acercaba demasiado a una luz. Podría haber tenido cualquier edad entre cuarenta y sesenta y cinco años. Su cara era tan estática y lisa, como si llevara una máscara permanente.

–Gracie O'Brien –murmuró Rocco a su lado.

La mujer la miró de arriba abajo... examinando su rutilante vestido de noche hasta los pies.

–Ah, sí. Bueno, a lo mejor me imaginé que eras irlandesa, por el pelo rojo y la tez pálida.

Gracie sonrió.

–En realidad mi madre era inglesa. Yo nací y crecí allí, pero... Sí. Mi padre era irlandés.

La mujer arqueó las cejas.

–Entiendo –dijo, como si Gracie la aburriera con sus palabras, como si la hubiera disgustado con solo hablar, se volvió hacia Rocco y lo agarró del brazo–. Bueno, Rocco, cariño, háblame de Bangkok. Estoy deseando que me cuentes todo lo del trato con Larrimar Corporation.

La mujer estaba alejando a Rocco de Gracie con gran habilidad, pero él se detuvo en seco, y obligó a detenerse a la mujer también. Le sonrió, pero Gracie se estremeció. Había visto esa sonrisa muchas veces y estaba contenta de que, por una vez, no fuera dirigida a ella.

Rocco se soltó de la mujer y tomó la mano de Gracie. La atrajo hacia sí, sin decir nada, pero dejando claro que no iba a permitir que la ignoraran de esa forma. Gracie trató de aplacar el salto que dio su corazón y se dedicó a observar cómo la mujer trataba, en vano, de apartarla de Rocco. Era una escena divertida...

Gracie desconectó de la conversación. Era más interesante observar a la gente. Estaban en una sala de fiestas de un exclusivo hotel al otro lado de Central Park. Acababan de tomar una suculenta cena acompañados de otros doscientos invitados y después habían pasado a otro salón igual de exquisito que conducía a una enorme terraza iluminada por cientos de velas.

Gracie vio que la gente empezaba a salir fuera y de repente deseó respirar un poco de aire fresco. Trató de soltarse de Rocco, pero él no la dejó. Tuvo que darle un pequeño codazo en las costillas...

Le sonrió con dulzura a la estirada mujer...

–Solo quiero salir a tomar un poco el aire.

Rocco tuvo que luchar contra su propia reticencia, pero al final la soltó. La vio alejarse, adentrarse en la multitud... Su cabello rojo refulgía como un faro de fuego... La gente dejaba de hablar y se volvía a su paso. Ella era como una estrella entre todos esos personajes grises, mustios... ¿Cómo era que no se había dado cuenta de ello hasta ese momento? Y sin embargo... ¿No era eso lo que le había llamado la atención la primera vez que la había visto?

–Podríamos haber atravesado el parque andando –le había dicho ella unas horas antes, de camino al lugar del evento.

–No, Gracie. No podíamos –le había dicho él, sacudiendo la cabeza.

Ella le había sacado la lengua entonces.

–Bueno, ya veo que no te va mucho el deporte –le había dicho, con un gesto risueño.

–Es distinta –dijo alguien de repente.

Rocco se volvió con brusquedad. Tenía miedo de haber dicho algo en alto que nadie debiera oír.

–¿Cómo?

Helena Thackerey era una estirada empedernida, pero también era muy lista, una negociadora nata en el mundo de las finanzas.

–He dicho que es diferente.

Rocco trató de no inmutarse. Se puso a la defensiva.

–Sí que lo es. Pero nuestra relación no llegará muy lejos, para no variar.

La mujer, mayor y más sabia, pareció un ser humano durante una fracción de segundo.

–Eso se lo cuentas a alguien que pueda creerte, De Marco –se inclinó hacia Rocco y habló en voz baja–. Me gusta. Tiene garra. No es como esas aburridas que se han tragado el palo de la escoba con las que sueles salir.

Gracie se abrió camino entre la multitud, ajena a la presencia de muchos de los ricos más ricos de Manhattan. Llegó hasta la terraza. Tomó un vaso de agua de la bandeja de un camarero que pasaba y se dedicó a contemplar las vistas nocturnas de Nueva York. Se estiró por encima del muro del balcón para ver más allá.

De repente oyó una voz a sus espaldas.

–A tu izquierda está Harlem.

Rocco se acercó más, pegándose a su trasero, de forma que podía sentir su creciente erección. Ella inclinó la cabeza contra su pecho.

–Eres insaciable.

Él la agarró de la cintura y se acercó aún más.

–Salgamos de aquí. Ya he tenido que soportar a la jet set de Nueva York durante bastante tiempo.

Gracie se volvió en sus brazos y levantó la vista. Puso los ojos en blanco.

–Yo también. Además, ya estoy cansada de estas vistas de Central Park.

Rocco reprimió una risotada e inclinó la cabeza.

–Es una pena, porque cuando regresemos, quiero recrear esta posición, pero quiero que estés sin ropa, con las piernas alrededor de mi cintura.

Gracie tragó en seco y puso su vaso sobre la mesa. Rocco le tiró de la mano.

De vuelta en el apartamento, Rocco fue hacia Gracie. Ella estaba parada junto a la pared que daba a Central Park, desde el otro lado. Se estremeció un instante con solo verle quitarse la chaqueta y la pajarita. Se abrió la camisa, se acercó un poco más y el aire vibró entre ellos. Y entonces él la tomó por sorpresa, besándola en los labios, con tanta dulzura, que ella no pudo evitar ponerle las manos sobre el pecho.

Cuando él se apartó por fin, Gracie se dio cuenta de que deseaba algo más que ese contacto físico.

–¿Cómo puedes aguantar tener que codearte con gente como esa todo el tiempo?

Rocco se paró en seco.

–¿Qué quieres decir?

–Bueno, gente como esa mujer... Fue tan grosera –Gracie se sonrojó–. Y Honora Winthrop también fue bastante desagradable.

Rocco tomó sus manos. Se echó a un lado y puso sus manos sobre la pared. Una tensión sutil radiaba de todo su cuerpo.

–Helena no es tan mala. Gran parte de esa actitud es solo fachada. Fue una de las pocas personas que me ayudó cuando llegué a Nueva York.

Gracie se encogió de hombros. No podía imaginárselo como un inmigrante, perdido en la Gran Manzana.

–Le caíste bien. Me dijo que tienes garra.

Gracie sonrió con inseguridad.

–De acuerdo. A lo mejor me equivoqué. Pero no me equivoqué con Honora.

Rocco se puso serio.

–No. Es un mal bicho.

–Entonces no puedo entender que alguna vez hayas contemplado la idea de casarte con ella.

Rocco guardó silencio durante un momento. Se preguntaba cómo iba a explicarle que nunca había tenido en mente la idea de casarse con ella por motivos románticos. Señaló el parque oscuro con la mano.

–Por esto. Tienes que ser aceptado en este mundo para tener éxito de verdad, y la única forma que una persona como yo tiene para conseguir eso es casándose.

Gracie se quedó perpleja.

–¿Qué quieres decir? ¿Alguien como tú? ¿Tú no vienes también de este mundo? –se volvió hacia él.

Él sacudió la cabeza unos segundos después. Señaló hacia abajo, hacia las calles.

–Yo vengo de ahí. Igual que tú.

Algo empezó a encajar dentro de Gracie. Siempre había sospechado que había algo más en Rocco de Marco.

–¿Qué quieres decir? No querrás decir que creciste...

Él la miró fijamente. Sus ojos eran fieros.

–¿En las calles? ¿Luchando por sobrevivir? Eso es exactamente lo que quiero decir.

Rocco apartó la mirada y mascculló un juramento en italiano. Gracie se dio cuenta en ese momento de que nunca le había oído hablar en su lengua materna.

–No tengo que hablar de esto –le dijo él un momento después.

Gracie avanzó hacia lo desconocido, tanteando el terreno.

–¿Por qué no?

«No estaré aquí por mucho tiempo...», hubiera querido añadir, pero no se atrevió.

Rocco miró hacia el agujero negro del parque en mitad de la noche, como si allí estuvieran las respuestas que ella no era capaz de ver... Y entonces empezó a hablar, en un tono de voz tranquilo, calmo... Le contó muchas cosas. Le contó que había nacido y que se había criado en uno de los peores barrios de una de las ciudades más pobres de Italia. Le habló de su madre, que era una prostituta... Y de su padre... Uno de los hombres más ricos de la ciudad.

–Mi madre se gastaba todo su dinero en drogas. Había ido por mi padre a propósito para asegurarse un futuro a través de mí. Incluso había sido lo bastante lista como para tomar una muestra de su saliva... Para poder hacer una prueba de ADN en cuanto yo naciera y así poder demostrar la paternidad. Pero mi padre no quiso saber nada. Tenía dos hijas y era un megalómano. No quería que un hijo bastardo le estropeara el invento. Y sobre todo no quería que el hijo de una prostituta viniera a manchar su inmaculado mundo perfecto y su reputación.

Gracie pudo ver como se cerraban sus puños sobre la pared.

–No puedes ni imaginarte cómo fue vivir en ese mundo. El ruido constante, las llamadas de bloque a bloque... Avisos contra bandas rivales. Un asesinato, una entrega de drogas. Todo el día y toda la noche. Me usaban como vigilante, contra las bandas rivales –hizo una mueca–. No teníamos que llamar a la policía. Nunca venían. Eran tan corruptos como nosotros. No había servicios sociales para nosotros. Yo odiaba esa vida cruel, la ausencia de inteligencia, el caos, la destrucción. Mi madre salía de una crisis para entrar en otra. Yo soñaba con un mundo más ordenado, tranquilo, sin ese drama constante, esa incertidumbre, el peligro permanente.

Gracie sintió un escalofrío.

–¿Y qué fue de tu madre?

–La encontré muerta con una aguja clavada en la pierna cuando tenía diecisiete años.

–Oh, Rocco... –le dijo ella, poniéndole una mano sobre el brazo.

Él le quitó la mano y la atravesó con una mirada negra.

–No te lo digo porque busque tu compasión. No la necesito. Nunca la he buscado. Ella no me quería. Solo quería conseguir su chute diario, o al ricachón de turno.

Él apartó la vista de nuevo y ella se tocó el vientre.

–Un día fui a buscar a mi padre, al palacete donde vivía. Sabía dónde estaba. Fue justo después de la muerte de mi madre. Cuando me enfrenté a él, me escupió, me empujó y me pisoteó. Mis dos medias hermanas estaban con él. Ni siquiera me miraron, aunque sí me habían oído llamarlo «padre». Les vi meterse en un coche con chófer. Vi lo fácil que era para esa clase de gente escapar de la realidad más fea. Les envidié su desparpajo, su seguridad. Les envidié su riqueza, porque eso les hacía invulnerables –sonrió–. Es evidente que mi padre debió de hablar con uno de sus hombres. En cuanto el coche se marchó, me arrastraron hasta una calle secundaria y me dieron una paliza tan grande que terminé en el hospital. Fue una advertencia muy efectiva. Nunca más volví a intentar verle. Me fui de Italia. Juré que un día miraría a mi padre a los ojos y que sabría que me había ganado un lugar en este mundo, a pesar de su rechazo.

Gracie contempló esos rasgos duros, los hombros tensos. Se fijó en la cicatriz que iba desde su sien hasta la mandíbula.

–Esa cicatriz... que tenías en el hombro. Era un tatuaje, ¿no?

–Significaba que pertenecía a cierta zona del barrio –hizo una mueca–. Que pertenecía a cierta banda. Me lo quité cuando llegué a Inglaterra.

–Es por eso que nunca hablas italiano. No quieres que nada te lo recuerde.

Rocco bajó la cabeza.

–Vete, Gracie... Déjame solo.

Gracie retrocedió un paso. Tenía miedo de echarse a llorar... Siguió retrocediendo, pero se topó con la puerta y miró atrás. Rocco seguía parado en el mismo sitio, con la cabeza baja... De repente se dio cuenta de que siempre había sido una figura solitaria, siempre luchando contra el mundo que le rodeaba mientras intentaba formar parte de él.

Presa de una decisión repentina, se quitó los zapatos y fue hacia él. Se metió por debajo de uno de sus brazos y le hizo abrazarla.

Ella levantó la vista. Lo miró directamente a la cara, a los ojos.

–No. No me voy. Porque no creo que realmente quieras estar solo –le tocó la mandíbula; le acarició la boca con la mirada–. Te deseo, Rocco. Mucho.

La tensión se palpaba en el ambiente. Y entonces, de repente, algo se rompió.

–¡Maldita sea! –exclamó Rocco, atrayéndola hacia sí con fuerza.

Gracie creyó que se le iba a romper la espalda, pero se mordió los labios. No diría ni una palabra. Podía sentir la violencia que había en él, el hombre salvaje que necesitaba liberarse, y ella necesitaba dárselo todo desesperadamente. Rocco exigía y Gracie le daba, una y otra vez. Sus besos fueron brutales. Se arrancaron la ropa con desenfreno y fueron dejando un rastro de prendas a medida que se movían por el apartamento.

Después, Gracie casi no podía recordar cómo habían llegado al dormitorio. Solo sabía que lo ocurrido allí le había demostrado lo bien que Rocco había aprendido a domesticar esa fuerza primitiva que era instintiva en él. Y esa rabia contenida... Le dolía todo el cuerpo, pero era un dolor placentero. Sabía que le saldrían moretones. Rocco la había mordido, y no podía sino estremecerse pensando lo mucho que había deseado que la mordiera más fuerte. Le había hecho el amor por detrás, apoyándole las manos en el cabecero de la cama. Había sido la experiencia más erótica que jamás había vivido... El peso de su cuerpo mientras la aplastaba contra la cama y empujaba una y otra vez...

Gracie levantó la cabeza y lo miró. La tensión de su cuerpo le decía que estaba despierto.

–¿Rocco...?

Para su sorpresa, él se tapó la cara con un brazo. No quería mirarla. Ella trató de quitárselo.

–No puedo mirarte –le dijo él–. Te he... hecho daño, como un animal.

Gracie le quitó el brazo de la cara con firmeza y se puso encima de él, con las piernas a ambos lados de sus caderas. Le puso las manos sobre las mejillas.

–Rocco de Marco, mírame –él abrió los ojos. Había vergüenza en ellos–. Estoy bien. Me gustó –le besó en la barbilla, en la boca, en el cuello.

Él la agarró de los antebrazos y la hizo retroceder. Se incorporó y la hizo tumbarse de nuevo.

–No. No puedo hacerlo.

La expresión de su rostro era indescifrable. Se levantó de la cama.

–Duerme un poco, Gracie –le dijo, sin mirar atrás–. Nos vamos mañana a la hora de comer.

Al día siguiente, a la hora de comer, Gracie todavía se sentía un poco dolorida. Era como si hubiera habido un terremoto la noche anterior, y ya no sabía dónde estaban sus puntos de referencia. Se había levantado tarde, después de pasar toda la noche en vela, dando vueltas. Consuela le había dicho que Rocco se había ido a trabajar.

De pronto oyó un ruido y levantó la vista de la televisión. Rocco estaba en la puerta, con gesto serio y casi malhumorado. Gracie sintió que se le caía el alma a los pies. No hacía falta preguntarse cómo se había tomado lo de la noche anterior. Lo llevaba escrito en la cara.

Se puso en pie lentamente y trató de hacerle frente con la misma actitud.

–Estoy lista para irme.

Rocco levantó un pedazo de papel que tenía en la mano.

–¿Me quieres explicar esto?

–¿De qué estás hablando? –le preguntó ella, mirando el papel.

Rocco lo levantó en el aire y leyó.

–«Steven ¿dónde estás? ¿Te encuentras bien? Por favor, ponte en contacto conmigo. Tengo tantas cosas que contarte. Necesito saber que estás bien. Por favor, solo dime dónde estás. Mándame un número al que pueda llamarte. Tenemos que hablar. Puedo ayudarte».

Gracie se quedó blanca como la leche.

–¿Cómo has conseguido eso?

–Es la cuenta de correo de su trabajo. Tengo a una persona revisándola constantemente.

Gracie sintió que se le encogía el estómago. Se sentía culpable aunque no hubiera hecho nada.

–No te lo dije ayer porque parecías muy enfadado cuando volviste. Pero te lo habría dicho.

Rocco arqueó una ceja de una forma que Gracie no había visto antes. Casi sintió ganas de golpearlo.

–Has tenido toda la tarde para decírmelo. Este correo suena muy mal. Querías avisarle para que no apareciera por aquí, o querías quedar con él en algún sitio.

Gracie tragó en seco.

–A lo mejor eso es lo que parece, pero no es lo que yo quería. Quería decir exactamente lo que digo, que estoy preocupada por él y que quiero saber dónde está. Cuando le dije que podía ayudarlo, quería decir eso, que si se entrega, tengo intención de ayudarlo pase lo que pase.

Rocco bajó el papel y sonrió con dureza.

–Qué nobleza. Cuánta mentira. Creo que ibas a decirle que te habías metido en la cama de su jefe y que le habías contado unas buenas mentiras. A lo mejor querías contrastar la historia con él antes de que apareciera por aquí.

Gracie sacudió la cabeza. Sintió un mareo repentino.

–Eso es absurdo.

–No –dijo Rocco con contundencia–. Lo que sí es absurdo es que te he infravalorado durante mucho tiempo. Eres una ladrona, igual que tu hermano, y es increíble hasta dónde puedes llegar para protegerle.

Gracie estaba temblando de arriba abajo.

–¿Quieres que te recuerde que fuiste tú quien me sedujo?

–Has jugado conmigo desde el momento en que nos conocimos, en esa fiesta. Tú y tu hermano. Él metió la pata, y tú estás intentando arreglarlo.

Gracie lo miró fijamente. El cuerpo se le estaba adormeciendo...

–Parece que ya lo has entendido todo, ¿no? –le dijo, escondiéndose allí donde él no podía hacerle daño–. ¿Qué más hay que decir? –lo miraba fijamente, pero no le veía.

–No hay nada más que decir. Es hora de irse –dijo él con desprecio.

Gracie apenas recordaba el viaje de vuelta a Londres. Había dormido un poco en el avión, torturada por sueños horribles...

Cuando el coche de Rocco se detuvo frente al edificio de su empresa, Gracie se dio cuenta de que la rabia se estaba convirtiendo en dolor, un dolor agotador. Al bajar del vehículo, miró a su alrededor. Era de noche y las calles estaban desiertas.

–Ni se te ocurra –Rocco la agarró del brazo con fuerza.

Gracie se soltó de un tirón y le fulminó con la mirada.

–No me toques. No voy a dejar a mi hermano a tu merced.

Cuando entraron en el apartamento, George estaba allí para recibirlos. Gracie sintió ganas de arrojarse a sus brazos y echarse a llorar, pero no lo hizo.

–Hay una foto suya con Gracie en la prensa rosa –dijo George, dándole unos periódicos a Rocco.

Rocco abrió el periódico del día siguiente. Gracie se acercó un poco para poder ver.

Era una foto enorme de Rocco y de ella, en la fiesta de Nueva York.

¿Quién es la nueva novia de De Marco?, decía el titular.

De repente sintió ganas de vomitar.

–Ahora veremos hasta dónde llega tu hermano para protegerte –dijo Rocco.

Gracie levantó la vista, tratando de entender lo que acababa de decir. Y entonces lo comprendió todo... Abrió la boca... Un dolor desgarrador la atravesaba por dentro.

–Tú... Lo planeaste todo... Me llevaste contigo para que mi hermano viera las fotos en la prensa y saliera de su escondite.

El rostro de Rocco era impasible.

–Será interesante averiguar si ese lazo que os une es tan fuerte como dices.

Gracie lo miró fijamente, pero no pudo ver ni rastro de aquel hombre hermoso del que se estaba enamorando.

–Eres un bastardo.

Él sonrió, con toda la crueldad que tenía en su interior.

–Tienes toda la razón. Lo soy.

Capítulo 11

A LA TARDE siguiente, Rocco estaba en su despacho, andando de un lado a otro... El trabajo era lo último en lo que podía pensar. Gracie no había salido de su dormitorio, y no había contestado cuando había llamado a su puerta.

«¡Vete!», le había gritado.

Acababa de llamar a la señora Jones y esta le había dicho que todavía seguía en su habitación. Sentía una extraña sensación de cosquilleo en el cuello... Se volvió y vio que alguien se acercaba a su despacho... Una silueta familiar. El corazón se le cayó a los pies. Sus empleados también se habían parado para mirar, porque sabían lo que aquello significaba. Rocco también sabía que significaba algo más, algo más importante que un millón de euros.

Steven Murray iba directo hacia él con una mirada de pura furia.

En ese momento Rocco supo que había cometido el error más grande de toda su vida.

La única cosa que sacó a Gracie de ese estado catatónico fue una voz familiar. Era vagamente consciente de que fuera era de noche. Oyó esa voz de nuevo.

–Gracie, vamos. Abre la puerta. Soy yo.

Se incorporó. No podía ser... Tenía que estar soñando. Sintiéndose como si realmente fuera un sueño, empezó a mover las piernas por fin, se levantó y fue a abrir.

Su hermano estaba al otro lado de la puerta.

Durante unos segundos, se lo quedó mirando, sin dar crédito a lo que veían sus ojos. Después se echó a llorar y se arrojó a sus brazos, flacos y frágiles. Él la agarró con fuerza, la acarició y trató de consolarla.

Sin saber muy bien cómo habían llegado hasta allí, Gracie se encontró sentada en un sofá, con Steven a su lado, dándole un vaso que contenía un líquido color ámbar.

Gracie respiró hondo. Tenía toda la cara hinchada.

–No bebo.

Su hermano insistió.

–Ahora sí. Vamos. Lo necesitas.

Gracie bebió un sorbo e hizo una mueca. Tosió un poco. A medida que la bebida la devolvía a la vida, se dio cuenta de que sí era su hermano quien estaba a su lado. Le agarró la mano.

–Espera. No puedes estar aquí. Rocco está abajo. Si te encuentra...

Dejó de hablar. De repente sintió un cosquilleo y vio que Steven miraba a alguien o a algo que estaba justo detrás de ella. Se volvió... Rocco, pálido como la leche, estaba de pie, con las manos en los bolsillos.

–Vino a verme primero cuando llegó –dijo, esbozando una triste sonrisa.

Gracie estaba tensa. No entendía muy bien lo que estaba pasando.

–Steven... ¿Qué...?

Su hermano sonrió. Parecía cansado.

–Es una larga historia. Ya se lo he explicado todo al señor De Marco. Me chantajearon. Unos tipos a los que conocí en la cárcel. Sabían dónde trabajaba y sabían algo acerca de un fraude... Me amenazaron con delatarme ante el señor De Marco... Yo estaba aterrado. No quería perder lo mejor que me había pasado en la vida. Las cosa fue a peor hasta que quisieron demasiado dinero y tuve que huir.

Steven miró a Rocco. Gracie vio respeto en su mirada.

–El señor De Marco me ha prometido que no presentará cargos si lo ayudo a buscar a esos tipos –volvió a mirar a su hermana–. No sé si podremos recuperar el dinero, pero en cualquier caso seguiré debiéndole mucho al señor De Marco... Me ha ofrecido trabajo, y así podré pagárselo todo. Gracie, no me merezco esta oportunidad, pero no pienso volver a meter la pata. Lo prometo.

Gracie no se podía creer lo que estaba oyendo. Estaba muy sorprendida.

–¿Nos dejas un momento, Steven? La señora Jones te llevará a tu habitación.

Steven asintió y apretó las manos de Gracie.

–¿Te encuentras bien?

Gracie quería reírse como una histérica. Nunca antes se había sentido tan bien. Asintió con la cabeza y vio salir a su hermano.

–¿Por qué has hecho esto? ¿Por qué le has dado una oportunidad? Después de todo...

–¿Después de todo lo que he dicho? –dijo él, terminando la frase en un tono brusco. Mascullό un juramento–. Lo siento –le dio la espalda, como si no pudiera soportar su mirada–. Dios, Gracie, lo siento tanto.

Se volvió después de unos segundos.

–Fui un idiota, un estúpido, un tonto. Cuando leí ese mensaje, le di tantas vueltas que acabé creyendo lo peor. La otra noche, en Nueva York, te acercaste demasiado. Nunca le había hablado a nadie de mí, de mi vida... Y sin embargo, contigo, todo salió como si nada. Y no te asustaste, ni saliste corriendo, horrorizada.

Acercó una silla y se sentó frente a ella. Los ojos le ardían.

–No preparé lo del titular. Tienes que creerme. Cuando vi la foto, fue la primera vez que se me ocurrió pensar que Steven podría verlo. No había contemplado esa posibilidad antes. Pero te dejé creer que sí porque quería alejarte de mí desesperadamente –hizo una mueca–. En el fondo sabía que no eras ninguna de esas cosas de las que te acusaba ayer. Te seduje porque no podía no hacerlo –sacudió la cabeza, disgustado consigo mismo–. Arremetí contra ti porque nunca he confiado en nadie hasta que te conocí. Y cuando Steven se presentó en mi despacho, preguntándome qué pasaba entre nosotros, su preocupación por ti me hizo sentir vergüenza de mí mismo. No me quedaba nada que esconder.

El corazón de Gracie se iluminó con una pequeña llama de esperanza. Fue como si algo hubiera empezado a derretirse.

–Nunca debí retenerte aquí, pero la verdad es que en el fondo lo hice por ti, no por lo de tu hermano.

–¿De qué estás hablando?

Rocco la tomó de la mano.

–No puedo impedirte que te vayas si quieres hacerlo. Pero no quiero que te vayas. Quiero que te quedes... todo el tiempo que quieras.

–¿Todo el tiempo que quiera? –preguntó Gracie con un hilo de voz. La llama que ardía en su interior parpadeó peligrosamente.

–Hay algo entre nosotros, Gracie. Algo poderoso.

Gracie se soltó de Rocco. Lo que le estaba diciendo era que había deseo entre ellos, atracción física. Y él quería que se quedara hasta que ese deseo se consumiera.

Antes de que pudiera decir nada, él hizo una mueca y miró el reloj.

–Mira, tengo que asistir a una reunión. No puedo posponerla. Piensa en lo que te he dicho. Hablaremos cuando vuelva. ¿De acuerdo?

La miró unos segundos... Gracie estaba perpleja.

–¿Por favor?

Gracie se dio cuenta de que no se iba a mover hasta que le dijera algo. Casi sin pensar, asintió con la cabeza. El rostro de Rocco reflejó el alivio que sentía.

Pero no dijo nada más. Simplemente se levantó y se alejó.

Gracie había asentido para manifestar su conformidad, pero en el fondo sabía muy bien lo que tenía que hacer. Tenía que irse, huir... Rocco quería un pasatiempo. No le había dicho nada del amor. Y no podía lidiar con eso. No podía estar a su lado, siendo consciente de que él no tenía la menor idea de lo que sentía por él. No podía dejar que le hiciera el amor sin saber lo profundamente enamorada que estaba de él. De no ser así, jamás le hubiera hecho tanto daño como le había hecho el día anterior.

Solo era una diversión, algo pasajero...

Hizo las maletas a toda prisa, escribió dos notas y se dirigió hacia la puerta. Por suerte esa noche había otro guardaespaldas distinto. Tampoco quería ver a George en ese momento.

Dos semanas después.

Gracie se abría paso a duras penas entre la multitud. Prácticamente tuvo que mantener la bandeja llena de vasos vacíos sobre la cabeza para no tirarla al suelo. Mascullando un juramento, avanzaba como podía. Gotas de sudor le caían sobre la frente, por la espalda, entre los pechos... Con ese trabajo, no obstante, por lo menos podría permitirse salir del hostal dentro de unas pocas semanas... Tenía que buscar un sitio barato para vivir. Y en cuanto estuviera mínimamente instalada, dedicaría un par de horas cada día a trabajar sobre ese libro para niños que siempre había querido escribir.

Respiró aliviada cuando vio las puertas de la cocina. Entró y dejó la bandeja, pero enseguida le dieron otra, llena de copas de champán.

–Esta noche tienen mucha sed –le dijo su jefe.

Reprimió un gemido y volvió a salir. La multitud parecía aún más densa... Un mar de hombres vestidos de negro y mujeres vestidas con los trajes más suntuosos. ¿Cómo iba a atravesar esa marea?

–Disculpen –empezó a decir, armándose de valor.

Pero no estaba avanzando mucho. De repente sintió que una energía inesperada sacudía a la gente, como si alguien especial acabara de hacer acto de presencia. La gente susurraba... Estiraban el cuello. Gracie puso los ojos en blanco y se aferró a su bandeja. Sin duda debía de ser alguna celebridad.

–Oh, Dios mío, se está subiendo a una mesa –dijo alguien de repente–. ¿Pero es él de verdad...?

De pronto se hizo el silencio.

–Gracie O'Brien... Sé que estás aquí... en alguna parte –dijo una voz–. ¿Dónde estás?

El corazón de Gracie se detuvo. No podía ser cierto. Debía de estar alucinando.

La voz volvió a decir algo.

–Maldita sea, Gracie, ¿dónde estás?

Gracie supo que no eran imaginaciones suyas.

Levantó la vista y trató de ver por encima de las cabezas. El corazón se le paró un momento al ver a Rocco, sobresaliendo por encima de todos, subido a una mesa, mirando a un lado y a otro.

Se volvió hacia ella... Gracie se agachó, pero fue demasiado tarde. Un segundo después oyó el golpe de unos pies que aterrizaban en el suelo. Trató de dar media vuelta y echar a correr, pero la gente se agolpaba detrás de ella. No había escapatoria posible. Como a cámara lenta, la multitud se abrió frente a ella. Rocco apareció ante sus ojos como por arte de magia. Alto, bronceado, glorioso... Llevaba una camisa azul claro y pantalones oscuros. Tenía las manos en las caderas. Esos ojos oscuros la taladraban, fijos en ella y precisos como un láser. Las manos te Gracie temblaban tanto que las bebidas empezaron a tambalearse sobre la bandeja. Rocco dio un paso adelante, se la quitó de las manos y se la dio a un camarero que pasaba por allí.

–¿Por qué estás aquí, Rocco? Te dejé bien claro en la nota que no me interesa una aventura pasajera.

Los ojos de Rocco brillaron.

–Sí. Esa nota tuya, tan escueta y precisa. «Querido Rocco, lo siento, pero no me interesa una aventura. Adiós, Gracie». *Dio*. Casi me vuelvo loco cuando lo leí.

La multitud estaba tan silenciosa, que casi se hubiera podido oír el ruido de un alfiler al caer. Sin embargo, Gracie solo veía a un hombre. Apretó los puños. Abrió más los ojos.

–Quería decir justo lo que dije. No me interesa una aventura.

Rocco se acercó un poco más. Gracie retrocedió.

–A mí tampoco.

–Pero... Si solo dijiste que había algo entre nosotros... –le dijo ella, sacudiendo la cabeza.

–Y lo hay.

Gracie cada vez se sentía más confusa. Una rabia repentina, producto de la impotencia, amenazaba con apoderarse de ella.

–Rocco... ¿Por qué estás aquí? Quiero que me dejes tranquila. No estoy interesada...

Él se acercó aún más.

–Dime en qué estás interesada.

Gracie se quedó de piedra, y mintió.

–Lo único que me interesa eres tú.

–Mentirosa –Rocco sonrió.

–No soy una mentirosa. Nunca he mentido.

–Lo sé, *cara*... Pero me temo que en esto sí que estás mintiendo.

Gracie sintió el escozor de las lágrimas en los ojos. No quería llorar, pero estaba a punto.

Rocco dio otro paso adelante y la estrechó entre sus brazos. Fue como el cielo y el infierno a la misma vez. No podía moverse...

–Maldito seas, Rocco –habló sobre su pecho.

Él la hizo retroceder un poco. Le sujetaba las mejillas con ambas manos, acariciándola, atrapando sus lágrimas. Sonaba atormentado.

–No llores, por favor... No quiero hacerte llorar. Solo dime... ¿Qué es lo que te interesa?

Gracie abrió la boca. Quería arremeter contra él por el daño que le había hecho, pero no podía. Lo miró a los ojos, y lo que único que vio fue al hombre al que amaba.

–Tú eres lo que me interesa, Rocco de Marco. Estoy interesada en todo lo que tenga que ver contigo, lo que te conmueve, lo que quieres, lo que te hace feliz. Me interesa hacerte feliz. Estoy enamorada de ti, y me interesa pasar el resto de mi vida contigo. No quiero solo una aventura esporádica. Quiero algo más que eso –de repente sintió que una confianza desafiante se apoderaba de ella–. Bueno... ¿Es eso lo que querías oír? ¿Es lo suficientemente realista y sincero para ti?

Rocco sonrió. Fue una sonrisa distinta a todas las que le había visto hasta ese momento. De pronto Gracie creyó ver a ese joven inocente que debía de haber sido. El corazón le dio un vuelco.

–Oh, *cara*. Eso es exactamente lo que quería oír. Porque, ya ves... Yo también te quiero... Es solo que no quise decirlo ese día porque tenía miedo de que salieras corriendo. Sabía que me ibas a odiar por haberte hecho daño... Y quería hacer las cosas bien. Quería que te enamoraras de mí poco a poco... Para que no me dejaras nunca. Pero cuando llegué a casa te habías ido y solo encontré esa nota.

A continuación pronunció una sarta de palabras en italiano.

Gracie le tocó la barbilla, reconociendo por fin los signos de angustia en su rostro. Angustia, por ella...

–Estás hablando en italiano.

–Desde que te fuiste, no he podido dormir, ni comer, ni hablar de nada más. Hice que me pusieran unas cortinas en el despacho y mandé a todo el mundo a otra planta para que nadie pudiera verme sufrir. Tú me has devuelto a la vida, Gracie, y la idea de una vida sin ti me aterroriza más que cualquier otra cosa en este mundo.

Gracie lo miró fijamente. Toda su vida pasó ante sus ojos en un abrir y cerrar de ojos. Ella también se había sentido muy sola... hasta que le había conocido. De manera inconsciente le había dado el control desde el principio... porque en lo profundo de su ser, siempre había confiado en él.

De pronto volvió a sentir lágrimas en los ojos. Masculló un juramento.

–Yo nunca lloraba... hasta que te conocí.

–Eso es porque al final te diste cuenta de que no siempre tenías que ser la fuerte, la protectora.

Gracie asintió al tiempo que las lágrimas brotaban de sus ojos.

–Sí, maldita sea, sí.

Rocco las atrapaba sobre sus mejillas con las yemas de los dedos.

Un segundo después ella le rodeó con los brazos. Lloró y lloró sin parar. Él le acariciaba la espalda y le susurraba dulces palabras en italiano.

–Dios, te quiero, Rocco.

Ella se apartó y lo miró.

–Yo también te quiero, Gracie.

Él estaba a punto de besarla cuando ella retrocedió.

–¿Estás seguro de que no me te arrepentirás? ¿Y si vuelvo y luego te das cuenta de que en realidad quieres a una princesa de la alta sociedad?

Rocco miró a su alrededor. La gente los miraba boquiabiertos.

Sintió una descarga de energía, sabiendo que tenía a la mujer que amaba entre sus brazos y que ella le correspondía. Aquello era lo que siempre había buscado, pero no lo habría sabido nunca si no la hubiera conocido.

Volvió a mirar a Gracie.

–¿Tú qué crees?

Ella miró a su alrededor. Todo eso lo había hecho por ella, por ella...

–Muy bien, te creo –le dijo, sonrojándose.

–Creo que es hora de irse a casa.

–Sí, por favor.

Mucho después, tras darle rienda suelta a toda esa pasión que llevaban dentro, Gracie suspiró profundamente.

Rocco se apoyó sobre un codo y la miró con gesto serio. Le apartó un mechón de la cara.

–La única razón por la que no te dije que te quería

el día que te fuiste fue porque no quería asustarte. Quería empezar de cero y hacer las cosas bien, como te merecías.

–Creo que las has hecho bien, Rocco. Me tienes –dijo ella, sonriendo.

Él sacó algo del mueble que tenía detrás.

–Bueno, ahora que hemos hecho tantos progresos, quiero pasar a la siguiente fase.

–¿La siguiente fase? –repitió ella, apoyándose en el codo también.

Rocco abrió una cajita de terciopelo. En su interior había un flamante anillo con una esmeralda, rodeada de diamantes. Gracie levantó la vista.

–Este no puedes devolverlo a la tienda. Es un préstamo para toda la vida.

Gracie se incorporó. Estaba temblando. Rocco tomó su mano y le puso el anillo en la punta del dedo. La miró a los ojos. Gracie parpadeó rápidamente para ahuyentar las lágrimas.

–Gracie O'Brien, te quiero más que a mi vida. ¿Vendrías a Río de Janeiro la próxima semana y te casarías conmigo, con George y Steven como testigos?

Gracie asintió torpemente.

–Sí. Me encantaría ir a Río y regresar siendo tu esposa.

Rocco deslizó el anillo hasta el final de su dedo y la estrechó entre sus brazos con un gesto de triunfo. Sus bocas se encontraron.

Después de un momento, Rocco retrocedió.

–Bien, porque entonces podemos pasar a la fase siguiente.

–¿Y qué fase es esa?

De repente la voz de Rocco sonó más seria que nunca.

–Vivir juntos durante el resto de nuestras vidas y tener hijos a los que amaremos y les daremos todo lo que no tuvimos nosotros.

Gracie le acarició la mejilla.

–Eso me gustaría. Mucho.

Cuatro años más tarde, Gracie miró por encima de la cabecita de su recién nacido bebé. El pequeño tenía una hermanita de dos años y medio, Tessa. Le sonrió a su marido.

–¿Se arrepiente de algo, señor De Marco?

Rocco se inclinó para darle un beso a Gracie y Tessa se movió un poco. Estaba dormida sobre su hombro.

–De nada –le dijo.